KB062106

# 저녁이라 불러서는 안 돼요

**시작시인선 0494** 저녁이라 불러서는 안 돼요

**1판 1쇄 펴낸날** 2024년 1월 12일
**지은이** 장유정
**펴낸이** 이재무
**기획위원** 김춘식, 유성호, 이형권, 임지연, 홍용희
**책임편집** 박예솔
**편집디자인** 민성돈, 김지웅, 정영아
**펴낸곳** (주)천년의시작
**등록번호** 제301-2012-033호
**등록일자** 2006년 1월 10일
**주소** (03132) 서울시 종로구 삼일대로32길 36 운현신화타워 502호
**전화** 02-723-8668
**팩스** 02-723-8630
**블로그** blog.naver.com/poemsijak
**이메일** poemsijak@hanmail.net

ⓒ장유정, 2024, printed in Seoul, Korea

ISBN 978-89-6021-749-2 04810
      978-89-6021-069-1 04810(세트)

**값** 11,000원

# 저녁이라 불러서는 안 돼요

장유정

천년의시작

몇 번의 봄

뾰족하게 돋친 촉

바람에 흔들려도

발바닥, 손가락

어떻게 생각하면

모든 시작詩作은

너무 이르거나

너무 늦은 일이라서

내가 당신을 기억하는 뾰족함이

헛것이 아니기를

둥근 눈으로

물고기가 물결을 가르는 정오입니다

기억하겠습니다.

2024년 1월

# 차 례

시인의 말

제1부

제2부

제3부

제4부

해 설

제1부

횡단보도는


　저기, 푸른 신호등을 뒤꼍으로 내걸고 말갛고 심히 흰 출발선 오는 것과 가는 것은 비켜, 줄무늬 굵게 절대로 숫자는 없다 항상 담김을 측정하는 게 아니라 모두의 길 눈금을 샅샅이 훑어보면서 따로 또 같은 건널목 제발 건너지 마, 똑 부러지게 말했는데 기다리는 사람끼리 헐레벌떡 불러 세울 수 없다 차량 한 대가 앞머리 비쭉이 내밀고 불 내뿜듯 정지선 무시한 채 따라붙는다


　누군가는 말뚝을 총총들이 박아야 하니까
　화살표는 우선멈춤, 입체적이어서


　이쪽저쪽 좌우를 표시하는 경계 혹은 희미한 빛의 증류로서 방울방울 떨어지는 물방울들 성기 같은 걸림돌은 흔들리는 눈치이고 말하자면 의심의 빛이 팽팽한 눈초리를 급한 대로 부어라 덜어 내라 하는 거니까 때론 주위 살피는 익숙함, 일정 거리가 같다 아직 못 건너간 야생의 실험들 지나치는 차들을 본다 풀리지 않은 답으로 급작스레 깨진 말들이 출렁, 새가 푸드덕 날아오르는 꿈과 정오가 붉게 찰랑거렸다

가시棘

　돌 바람의 울음 새기는 옛이야기 속에서 낮달의 부리가
자라는 낮잠 속으로 죽은 엄마 오시고 마스크 속의 입 냄새
붕대로 턱에 닿은 계절은 웅웅웅 다시 살아서 자라는 혀 입
으로 먹던 말들을 갑자기 손으로 가리는 자세 눈썹에 눈동
자가 매달리는 손끝이 아리는 이 저녁 파도 치는 울음을 마
셔 봐라, 강에 들어 같이 물장구치던 언니야, 삼켜도 그 짜
지도 않고 시원하던 물맛은 아직 어떻다고 판단하기 어려
운 상황이지만 이렇게 비대면으로 바뀐 세상 꼭 오른쪽에
서 왼쪽이 아니더라도 왼쪽에서 오른쪽으로 사라지는 어둠
은 차라리 생선뼈가 낫지 싶어 숱하게 정화수를 떠 놓고 가
시처럼 마른 별밤입니다 일 이 삼 차를 한참 들여다보고 마
스크를 불규칙적으로 쓰는 얼굴 한 겹 두 겹 벗기면 목구멍
으론 엄마 목소리 묻어 나왔다 갈 데 많은 누구를 침이 튀
지 않게 제발 해 주셔야만 어렴풋이 짧은 거리만 남는 날들
바람이 으르렁대고 한동안 같은 자리를 붉은 구름이 떠다
니고 있었다

# 고요를 받치다

빛이 안으로 조금 휘어졌다

두 개의 입석 고묘처럼 안구돌출로 굳어 있다

계단과 발코니 그 사이에 침대가 자랐다

빗금처럼 혼자 고름을 풀고 젖 물리며 살았다

건물 뒤쪽 반 미터 지금은 어떤 세상 속에 있다

거실에는 방문과 대문을 잠글 줄 모르고

6시에서 12시 방향이 갑자기 툭 튀어나온 감정을 갖고

시간은 직선으로 그늘을 자른다

실로 어둠의 뼈들이 웅성거리고

불을 켜려다 전구가 나간 것을 상상한 적 없고

손바닥에 뜸을 뜨며 한쪽 창 열어 두듯

신중히 고요를 싸안는 창일 뿐인데

밤이 사라졌을 때 내부는 창만 바꾸고 있다고 이야기 할 수 없다

죽을 둥 살 둥 맘 놓고 발을 뺄 수 없는 안간힘으로

훌훌 털고 돌아다닐 수 없어 먼 곳까지 귀를 막는다

너무 많이 돌출되었다는 건

구부릴 수 있다는 것이다

개구멍 굴이 텅 비어 있는 대낮

별의 후생이라는 출처 남기며

수백 개의 빛들이 미끄러지고 있었다

# 이태원

전쟁은 아니지만 모두 돌아가야 한다
내 차례가 올 때까지 속으로 인원수를 셉니다
참는 일이라면 누구보다 자신했기에
석양이 붉게 물들도록 패스포트를 보고
잠깐 내려 봐요 줄을 세웠던 겁니다

끝없이 멈춤을 반복합니다
홀수, 짝수 구분하지 않는
사람들이 참 많기도 해, 다음, 다음은요
K-94, K-80, 그보다 더 숫자가 적은 것이라도
비애를 쓴다는 건
강대국이라는 사실보다 마냥 좋은 것도 싫은 것도 아닙니다

아무렇지 않게 재채기를 팔뚝으로 가립니다
콧물이 마르기를 기다리듯 가면을
몇 개를 더 사야 할지
앞사람과 옆 사람은 고향을 떠올릴까요

호박의 속을 파낼 때
건강과 결혼과 죽음에 관한 점을 치는 거라고

검은 페이스페인팅을 통과하는 축제
악령들이 거대한 모닥불을 언덕에 피우기로 했군요
기다림은 늘 이런 식으로 추웠습니다


주광, 주백, 주황, 주홍 무제한 친해질까 봐
저녁이라 불러서는 안 돼요
운이 없는 클럽의 업주는
자체 휴업 안내문을 붙이고
큐알코드를 찍으며 체온을 측정합니다
양쪽에서 자동 분사를 뒤돌아보는 순간
불기둥으로 돌아갈 거라고 잭은 말합니다
스모그가 짙게 깔려 앞이 잘 보이지 않습니다


행렬은 진짜 끊이지 않을 겁니다
돌아갈 사람들이 어마어마합니다

## 와인 감식가

어제처럼 다른 향을 맡고 식별한다
병마개를 따기 전에 잔을 돌린다
유리잔에 잎과 붉은 꽃 같은 색갈들이 떨어진다
떫은맛이 더한가요
덜한가요
전에 먹던 맛을 헹궈 내고 지우고
혀보다 코가 뛰어납니까
성질의 차이나 진위는 별개
나비효과처럼 별칭으로 터번을 두른
체온은 검 모양 가늘고 긴 다리 손잡이
빛의 속도로 태양이 직접 전달되지 않도록
흙이 빚어낸 체취 들이켭니다
맛을 본 미식가의 의견들은 하나같이
쓰다 달다 좋다 나쁘다 똑 부러지게 말하지 않는다
처음부터 음미한 건 아니었다
그것만 즐기는 편애로 고집이 세졌다
막아 놓지 않으면 부패하고 신맛의 반응은
밥알을 오래 씹듯 추후에 말하곤 했다
코 안쪽이 순식간에 다른 냄새로 이동하는 코르크
증발하는 이것이 몽상적이기까지 했다

내시경처럼 속을 드러내지 않은 게 다행이라서
순식간에 귀족의 상징이 된 튤립처럼
표기된 연수 길수록 뜯지 않는다
그 안에 농축된 시간이 출렁였다
과거라기보다 도래하는 미래가 풍부하고 짙어진다
하루에 일곱 여덟씩
이 향이 날아가기 전에 밀봉했다

# 뱀이 나갔다

오래전 풀숲에 쪼그리고 앉아 오줌 눈 적 있다,
    사타구니에서 구불거리며 빠져나간 뱀, 그날 이후 몸엔
부르르 떨리는 진저리만 남았다
    뼈마디가 쑤시고 아팠다
    몸속에 남아 있는 뱀의 허물이 자꾸만 꿈틀거렸다
    할 수만 있다면 도망친 뱀을 다시 불러들이고 싶었다

    안마사는 손끝으로 뱀을 찾아낸다고 한다
    밝은 손끝으로 뱀의 허물 찾아 그 허물 속에 한동안 뱀을
풀어놓는다고 한다

    우거진 숲길을 기어 꿈틀거리며 등바닥으로 기어 왔다
    먹이 앞에 두고 몸 잔뜩 도사리고 있는, 휘어진 모습이
풀숲의 모퉁이 같다
    한여름 비구름 뭉쳐 있는 하늘 아래
    내뿜지 못한 울화 한꺼번에 토하듯 아가리 벌려 혀 날름
거렸다
    한번 나갔던 길로 되돌아오는 오싹한 해후
    쑤시고 결리던 혈사血蛇들이 어깨로 옮겨 왔다
    그 후로 다리를 벌리고 앉는 습관이 생겼다

&gt;

뱀의 허물 기둥에 가로걸려 있다

어혈 풀어지듯 얼룩덜룩한 무늬 있는 옷 입고 몸 굽어 감
으면서 기어오르고 있는 승천昇天이다


그리고 오늘 산책길에서 뱀을 보았다

쪼그려 앉을 장소도 없고 오줌도 마렵지 않았지만 뱀을
다시 불러들이고 싶었다

풀숲으로 휘어져 들어가는 뱀

문득, 내 속치마 자락이 흔들렸던 것도 같다

## 키다리 아저씨

빨간 모자 키다리 구두를 신고
피에로 복장을 한 사내가 풍선 인형을 나눠 준다
주머니에서 노란 풍선 꺼내 든다
있는 힘 다해 풍선을 분다
풍선 속에는 배배 꼬인 강아지 한 마리 있다
발이 높은 몸놀림, 그의 다리는 길쭉하니 늘씬하다
허공에 붕붕 떠다니는 신기루처럼
자신의 다리가 아닌 다리로 걸어 다닌다
자라 본 적이 없는 키를 언제부터 직업으로 갖고 있다
통바지 자락은 지독한 환상에 젖게 해
누구보다도 큰 모습의 희열을 느끼는 다리
자신의 발로 걸어 본 지가 언제인지 기억나지 않는다
무릎이 없는 두 다리로는 앉을 수도 없다
이 직업은 성장기를 거치지 않는다
불안한 풍선을 불어 나누어 주는 키다리아저씨
햇빛의 각도에 따라 방향 달라지듯
관절이 늘어났다 줄었다 그림자를 산다
거인이 드리워진 땅을 보며 걷는다
퉁퉁 부어오른 복숭아가 짓물러진다
어두워진 골목
축축해진 허수아비가 우쭐우쭐 춤을 춘다

## 외과의사 B

뱉어 내지 못한 발음들이 넘쳤다 은밀한 전염, 울음으로 뱉어 내는 쇼크는 봉합술의 한계에 이르렀다

기록을 믿는 것보다 눈으로 봐야 했다 두개골의 구멍, 뛰어넘을 수 없는 이른 나이, 목 젖혀 하루의 턱 벌린다

피 멎게 해 주고 뼈 맞춰 주고 핀 뽑아 주고 싶었다 정밀 진단, 해부학 창시자로 만들다

피비린내 퍼졌다 시신 부검, 몇백 구의 열정적인 절단술, 살이 썩는 봄 한 철 약으로 치료되리라 믿는다

선례는 사라지지 않는다 화살촉 같은 환상, 수시로 깊은 잠에 떨어졌다 전신마취를 위해 여기저기 꼬집듯 악몽으로 깨어났다

말의 유용성을 의심하는 사람 없다 혹처럼 자란 의혹들, 썩 개운치 않은 표정 읽힌다

위급하게 달려오는 소리 점점 마취된다 데스마스크, 비쳤다가 이내 사라지는 창문으로 멀뚱히 바라봤다

# 수유나무

    수유나무에 벌들의 방화가 시작된다
    젖몸살 앓을 즈음엔 말끄러미 쳐다보는 포동포동하게 젖
살 오른 얼굴이 있었다

    짐승이 짐승의 상처를 핥아 주듯
    풍설에 멍든 표피를 핥고 있는 바람
    어린나무에게 몸 빌려주는 수유나무
    어둠의 책을 넘겨 잎의 걸음마를 가르친다
    등화관제처럼 낱권의 밤하늘은 가끔 찢겨 나갔다

    꽃을 피웠던 바람은 쉽게 읽히는 문장이 아니었다
    지침서처럼 젖을 물렸고 어린 시절의 모어들은 옹이로 잔
뼈가 굵어졌다

    책 한 권 떼던 학동들과 어린것들
    무릎에 휘감겨 유난히 젖 달라고 보채던 날들이었다
    넓은 이야기를 어린 가지에게 들려줬을 새 떼들

    수유기가 끝나면 나무들은 머릿기름으로 쪽을 쪄 곱게 빗
어 넘겼고 살균하는 흰 젖병처럼

유선 줄기에 등유가 한가득 담길 것 같다

햇살은 여름 내내 지쳐 몸살 앓고 있는
나무의 이마 위에 손 얹고 체온을 재고 있다
어스름 깃들 무렵, 한차례 소나기가 지나갔다
건너편 나무 밑으로 비린내와 함께 젖 냄새가 풍겨 왔다

# 우울 씨의 낭만적 시간

모든 시계들은 태양의 일출과 일몰에 맞추어
째깍거리도록 조정된다
어둠 속을 섬광처럼 지나치는 무엇
진침로처럼 정전 혹은 그보다 짧은
불이 들어오기까지의 일 초나 혹은 침 한 대

시간은 기준과 어떤 약속으로 움직인다

허블망원경 렌즈 속 자동 설정처럼 눈 밖과 눈 안의 주파
수를 맞추듯
임의로 만들거나 다루기 위한 시간도 있다
속보가 곳곳 터지고
시간이 없는 시간들이 발견된다

1초 벌었으니 1초 더 쓸 고민 하는 시간
1초만큼 더 오래 커피를 내릴 거라는 우울 씨의 낭만적인
이야기는 불규칙으로 파장으로 번진다

정확하게, 정한 시간에
정한 위치에 존재하는 시간은 쉽게 기계들을 떠날 수도 없다

절대 움직일 수 없는 시간을 향해 달려가는
규칙적인 호흡들
심호흡하듯 더하거나 빼는 1초


태양과의 연계 문제는 크게 신경 쓰지 말라는 의견처럼
시간은 시간 자체의 문제일 뿐
국제 지구 자전 좌표국의 통보에 따라
오전 9시를 기점으로 양(+)의 윤초를 실시한다고 발표했다


이름 모를 꽃들과 잡초들 심장 뛰는 소리들
나무들 사이로 바늘 같은 잎사귀들 햇빛 속에 반짝이고 있다
정밀기계 같은 숲엔
시간의 침이 빽빽하게 움직이고 있다

# 기억의 복구


목격담이 많기는 하지만
쉽사리 찾아지는 괴물은 없다
기억까지 다 파먹은 바이러스
백업의 지점으로 돌아갈수록 흔적들이 사라졌다
업그레이드되고 싶은 아이콘처럼
이름과 나이를 물어도 대답 없는 백화현상이다


울타리 옆 쓰레기통을 뒤져도 보았다
새들이 다 날아가듯 갑자기 사라진 시간들
가끔 예방 차원에서 백신주사를 맞았지만 완쾌되지 못
하고 쓰러졌다
기억의 전원이 들어오지 않는 여자


현관을 열고 제 안으로 들어간 기록들
아집, 고집, 편견들이 뒤죽박죽 얽혔을 그물들
날아가는 것은 기억뿐이 아니다
시간이 들어 있는 오래된 그늘들
나이가 들면 낡은 생각까지 가볍게 날아갈까
세놓거나 임대하지 않는 혼자만의 방
세상 어느 방이건 한두 개의 거울은 있다

\>

당분간은 복구되지 않고 잃어버린 기억들이
바탕화면으로 바뀌어 꼼짝 않을 것이다

생각에도 집이 있다
그리고 길 잃은 번지와 갸웃거리는 방향이 있다
다시 포맷된 화면처럼 가벼워진 날들에
화면보호기 같은 졸음이 둥둥 떠다닌다

# 타지마할 가는 길

먼지 깔리는 거리를 지날 거야

그러곤 시계 반대 방향으로 밤새 걷는 거야, 물론 한쪽 출구를 다 열어젖히고 푸른 하늘 안개처럼 흘러가는 구름에게 인사를 하지

가끔은 구름 걷히어도 좋을 텐데, 머리통에 양철로 만든 통을 이고 정해진 신분을 꿈꾸는 속도로 흩어지는 것들

알 수 없는 곳으로부터 누구 탓도 내 탓도 아닌데 그렇게 코끝이 자꾸 따라와

태어나기도 전에 사리 옷만큼 다양한 색을 끌어당기고 분주히 돌아다녔던 걸음을 가리고 벗기며 털어 내고 칠하는 향을 떠올렸지

온통 신발의 귀를 열면 금방이라도 이마에 비천처럼 덧붙이는 이다음의 그 신분

그래, 오늘은 동전의 양면을 다 뒤져서라도 꼭 신성을 찾

아내고 말 거야

　저 깊고 순한 영혼들을 위해서 격렬하게 경적을 울려야지

　스스로 핍박하는 눈먼 자들의 시대 속에서 분노를 끌어
올리지 않고는 무사히 빠져나올 수 없을 터이니
　너무나 시끄러운 세상

　만지고 싶지 않은 죽음을 껴입고
　아주 간절한 눈으로 걸어갈 거야

# 옮겨 다니는 공터

오늘 공터를 향해 트럭이 달려간다

먼지 구석에서 찾아낸 파란색 폴라로이드와 비닐도 풀지 않은 이웃들과 안 입던 옷을 다시 걸쳐 보고 어느 거리를 걷는 상상을 접어 넣는다 빈티지 책상을 창가에 두고, 꽃시장에서 부지런히 사 온 식물을 화분에 옮겨 심는다 짐을 싸면서 생각한다

문득 오래 살았던 집을 들고 가고 싶었다 문의 습관과 구석들을 이끌고 이주하는, 인사는 가건물 짓듯 빈터를 찾는 것으로 시작됐다

서커스단은 시장 근처에 말뚝을 세우고 포장을 둘러치며 공연을 준비했다 불빛은 흔들리며 깜빡였다

펄럭이는 창문 사이로 바람은 흔들렸다 언제쯤이면 붙박이 집이 생길까 세상에 터가 아무리 좋아도 북향집 권하지 않듯 기다려 주는 공터는 없다 말뚝이 뽑히고 밧줄이 칭칭 감기자 혼잡한 공연들이 다 사라진 공터는 거짓말처럼 텅 비었다

&gt;

일진과 방위를 보아 날짜를 정했다 일진이 나쁜 날엔 가일을 받아 이사를 했다

서커스단은 줄에 매달린 날짜들과 공중 돌기를 하는, 단검을 피하는 날짜들을 좋아했다

멀리 큰 트럭에 싣고 가던 집이 매연을 내뿜으며 들어오고 그믐달은 허연 소금 가루를 뿌리듯 비추고 있었다

방위가 달라진 구석들과 풍경이 바뀐 창문을 배치하고 언제 깨어날지 모르는 잠을 잔다

# 푸른빛은 뾰족하다

엄마는 태양과의 거리가 가시광선이거나 잎이 한껏 통통
해도 물을 뿌렸다 희고 작은 솜털까지 알록달록한 기분으로
자랐다 화초는 특별한 날이기나 한 듯 울컥해져서 잉크 한
방울 콕 찍었다 촉矗

하여 어느 별에 박힌 유전자처럼 다섯 손가락으로 꾹꾹
눌렀다 날마다 다음 페이지에서 끝맺지 못하는 상상들이 밤
새 쑤셨다 하나가 아닌 둘 그리고 여러 개가 부둥켜 환산부
피로 빼냈다 돌아가신 아버지 기억이 불쑥불쑥 뛰쳐나왔다

가엾어라 아버지 필체는 귀신을 닮아 마침표가 없구나,
포기에 관하여는 늘 뿌리가 말랐던 나뭇잎 떼어도 지워지지
않는 가계도야, 괴발개발 돌연변이 걸음을 핑계 삼아 모래
뿐인 바람 소리를 내는구나

그렇게 오아시스 당겨 바늘꽃이 꽃을 때처럼 미안해, 부
르며 엄마는 향을 피운다 몸에 숨겨 둔 펜을 갑자기 꺼내 든
것처럼 날 두고 간 죽음이여, 모른 척 말고 그곳의 말을 이
곳에 옮겨 다오, 이렇게 찢어져 나무에서 빠져나온 하늘을
비스듬히 접목한다 골수 깊숙이 오기에 찬 실구름이 수묵
담채로 흘러내렸다

제2부

## 목을 길게 빼고

목 안에 무엇인가 붙어 있는 듯 이물감으로 평생의 연주를 갖고 있는 악기가 있다 줄에는 덤불에 들었다 나온 바람소리가 들어 있고 끌려가지 않으려는 네 발의 가축 울음소리가 뒷걸음으로 버티고 있다 오백 일을 앓고 엉킨 말들을 풀어내던 먼 유언 같기도 한 소리

악보를 찢고 넘어가는 바람 소리를 목에 대고 연주하면 목이 뜨끔뜨끔 아팠다 그 아픈 소리를 손으로 휘젓는 시간은 목을 길게 빼고 목의 심줄 팽팽히 세운 채 끽끽대는 탁한 소리를 들려주거나 듣는 시간, 목덜미에 굵고 질긴 밧줄 같은 것이 감겨드는 것 같았다 나무둥치처럼 넓게 떠는 목, 목이 쉴 대로 쉬어 휘파람 같은 목소리만 새어 나왔다

바이올린은 허공에 목을 길게 빼고 우렁차게 한바탕 울어 댔다 하늘엔 하현달이 활처럼 휘어져 기울어졌다 구부러지는 선율이 가문비나무에 흘러넘쳤고 후렴을 메기던 새들이 어깨를 떨었다

# 접목

잘 익은 수박을 쪼갠다
수박 씨앗 하나하나마다 각기 조그마한 방 차지하고 있다
열기구는 공중의 씨앗처럼 날아간다
공기를 데워 부력 얻는다

비어 있는 공간마다 내압이 가득 차 있다
외부에서 문을 닫으면 공기는 통통 울리는 소리 된다
강풍에 대비한 내풍 설계처럼 뿌리의 힘을 키우기 위해
박에 수박을 접붙인다
모종은 밀착을 지나 흔들리는 바람 되고 땅의
푸른 평수가 된다

밖의 풍경을 집 안으로 끌어들이는 것과
식물의 몸에 사선의 칼집을 넣는 일이 같다는 생각
부피를 주고 맛을 주는 양쪽의 식물
한 이름이 두 종의 호흡으로 줄기차게 뻗어 나가는 수박밭
한 채의 집에 들어있는 내압이 붉다

접붙이는 계절은 부피가 있다
아침 햇살이 짙은 이파리에 부딪쳐 눈꺼풀 맞닿을 때마다

바람도 열기구처럼 튕겨 날랐다

봄이 되자 나무에서 맹아가 싹트기 시작한다

# 시계 꽃 2


활짝 핀 얼굴 들여다본다

허공은 벽처럼 걸려 있다 잎줄기 따라 시간들이 촘촘히
박혀 있다 제자리를 빙빙 돈다

길은 시계 방향으로 이어져 있다
동행하는 이정표
낯선 사람들, 이방인이거나 여행지이거나
누구도 초대하지 않은 방문처럼
카메라 셔터가 눌러질 때마다 가슴속 외진 산책 길 꽃숭
어리를 훔쳐본다
대륙을 횡단한 바람은 밀입국자다

아마 바람은 여행객처럼 제 속의 계절로 당도할지 모른다
태양전지가 다 닳을 때까지
수천 번 제자리를 도는 시계처럼
꽃은 마음속으로만 똑딱거리고
이번 최종 목적지는 많은 순례자를 만나는 것
누군가 도착 시간을 들여다보듯
어떤 꽃은 눈 속에 시간이란 시차를 지도처럼 그려 넣을

지 모른다

　풍토병들의 도시
　며칠은 짧은 여정이거나 적당한 지루함이다
　무거운 침묵으로 잠겨 있던 여행자의 강제 추방 같은 눈
빛과 피곤함은 한동안 가장자리부터 시들해진다

　지금쯤 시계들은 서쪽 하늘로 저녁을 끌고
　어느 모퉁이를 돌고 있을 것이다

# 저녁의 서랍

검은 옷 갈아입고 장례식 갔다 잘한 일보다 못한 게 너무 많았다 마음껏 울어도 돼, 그래도 돼, 옆의 친구가 말했다 지지난밤의 꿈을 생각하면서 나는 누가 더 오래 슬픔을 참을 수 있는지 맥없이 주저앉아서 흐느낀다 죽고 싶은 마음들이 골목 지나 그림자 밟으며 어둠 껴안는 뒷모습, 끝없이 바깥에 쌓은 말들이 처마에 걸려 있다 오직 사각형의 기억으로 사방이 자기 몸을 열었다 닫았다 심장에서 떼어 낸 검은 고요, 추위를 떠도는 잿빛 무덤으로 서 있다 한마디 말조차 남기지 않았다는 게 믿기지 않고, 까치발로 방문 열고 넌지시 다가와 여기가 어느 별이야, 그가 문득 슬픔이 아닌 듯이 물을까 봐, 애써 딴 곳만 보고 있다 이곳보다 훨씬 근엄한 표정을 짓고 처음부터 주머니에 찔러 넣은 그 짧은 내일, 그곳은 강한 햇볕이 쨍쨍 내리쬐는지 되묻는다 저녁에 두 번 시곗바늘도 한군데로 모였다 새벽이 오면 땅에 파묻힐 직사각의 무덤, 제 몸을 운구해 갈 행렬처럼 끝없이 뒷걸음쳤다 세월이 튀어나온 눈알을 지그시 내리고 한 사람이 걸어 들어가는 것 같았다 무성히 자랐던 꽃들은 어둠을 단단히 묶고 송두리째 향을 잃어버렸다 겨울 속에서 검은 새들은 그렇게도 작고 무한히 날아올랐다

# 신발들

몇 척의 배들이 강가에 매어 있었다 하얗게 분칠한 의식이 한참이기도 해서 가까이 갈수록 맨 앞부터 내장 터지는 소리 같기도 하고 계단을 거슬러 오르면 장작 불꽃이 낮게 퍼졌다 벌써 자리 잡은 죽음은 천근만근 비좁게 골목길 뚫고 연기처럼 이어지고 있었다 가지런히 누워 있는 배들, 방금 전 사내의 시신이 들것에 옮겨 도착했다 오는 것은 순서가 있고 가는 것은 순서가 없다 어쩌자고 차갑게 식은 죽음들은 모두 포개어질까, 뒤꿈치 근처를 중심으로 끈을 묶는 데 아니다, 맨발들을 맨다는 말은 가당치 않다 황토빛 분가루 먼지 되어 내내 따라왔다 종소리 새벽길 재촉했다 뼈와 뼈 사이 우리 두고 떠난 아무런 이유도 없이 모호한 시간들이 어슬렁거렸다 납작하게 눌린 코에 물이 스몄다 몸을 씻거나 꽃을 띄우거나 기도를 드리는 상류 여전히 어제의 사람들처럼 걸어간 맞춤 맞지 않은 신발들, 일일이 살펴야 하는 수십 개의 눈동자처럼 출렁거렸다 헛되지 않게 강은 흐르고 벗어 놓고 간 몇 척의 배들 해가 천천히 솟아오르는 갠지스의 아침이었다

# 가죽나무

호랑이 눈 같은 흔적이 매듭으로 남아 있는 가죽나무, 탯줄 끊겨서 나오는 초식동물처럼 살아남기 위해서 스스로 탯줄을 끊는다

프로펠러처럼 생긴 날개 가운데 씨를 넣어 두고 날아가는 파종법으로 뿌리를 내리는 가죽나무는 배꼽 안쪽 실로 묶듯 매듭과 매듭을 타고 자란다

두 개의 무딘 톱날이 있고 망치 자루가 깃 부근이나 마을에 저절로 자라 떨어지기도 했다

소태나무라는 족보가 말하듯 반함은 생쌀을 버드나무 숟가락으로 떠서 입 안의 좌우 중앙에 각 한 숟가락씩 넣는다 이파리는 왼쪽에서 오른쪽으로 여미고 감기만 할 뿐 매듭을 짓지 않는다

고약한 생을 가짐으로 잎 끝에 냄새 나는 가죽나무 저자에 내다 놓아도 어떤 목수도 쳐 보지 않았다는 나무, 먹줄을 튕기지 않는 몸통의 고집 어디나 묶여 있는 고리나 매듭 가지째 뚝뚝 떨어져 잔가지가 없는 혈혈단신

&gt;

　하도 구불구불해지다 어느 해쯤 오래 묵은 몸통은 곧아지
는데 어딘가를 떠돌고 있을 씨들

　쓸모없는 계절이 다 들어 있는 부고장 같은 얇은 날개가
바람개비처럼 날아간다

# 구름의 눈빛
—아타카마


비 내리지 않는 계절을 산다는 것은 달의 뒷면과 앞면처럼 어디에도 닿지 않는 감정, 바다에 빠져 죽은 결정체는 여전한 어떤 공포다

물끄러미 바라보고 있는 달이 계곡 아래에서 출렁인다 닿은 온기 속에서 스르르 눈꺼풀 감으면 몇 방울의 비가 아예 한 방울도 내리지 않는 허공의 어깨에 가만히 손을 얹는다

무릎을 꿇은 동쪽은 비구름 넘어오지 못한다 그 덕에 말라 버린 눈물샘 화산 위에 낮게 뜬 간수가 빠지지 않는 기둥들 빠져나갔다 다시 돌아오는 마법과 같은 달의 시간

아무도 살지 않는 화성에 떨어진 돌처럼 납작해진 햇빛 별보다 빛나는 발바닥이다 안개와 이슬들만 선회한다 허옇게 떨어진 빛의 조각들, 눈을 품은 입자들이 지층을 쌓았다 유황처럼 녹슨 불기둥이 솟구쳐 바짝 마른 계곡 아래로 끓어 넘친다

달의 분화구를 빠져나간 자리 빙하기처럼 가끔씩 호수로 내려와 몸을 기울인다 해가 지면서 칼날처럼 빛나는 하

늘 너머 언제부터 노을까지 달의 탁본을 뜨는가 발이 튼 풋
크림처럼 머금다가 품었다가 서서히 빨아들이는 달의 계곡

# 에어 캡

공기는 마시는 겁니까?
저절로 뱉어지는 겁니까?

하루는 누군가의 화장품 하루는 누군가의 생필품 아직 채
워야 할 여분이 남아서 접착테이프로 밀봉해 문 앞에 두면
신문사 한편에 포장도 뜯지 않은 잡지들이 쌓여 있습니다
　갈수록 여름은 무더워지고
　겨울은 갈수록 추워지는

누군가를 위해 밥을 먹듯 멀리 가는 것들
　한두 장 정도는 그걸로 싸고 보잘것없지만 나머지 공간은
푸치푸치 공기를 따로따로 랩처럼 몇 겹 돌돌 말아 줍니다

잡는 것과 차단하는 것이 양쪽 다 평평합니까?

사실은 주입하는 것과
빼는 것이 같아 보여서
생각보다는 서쪽이 가벼워서
동쪽으로 도착하기를 기다립니다

\>

무엇보다 우린 두꺼워서
마치 에어쿠션을 깔아 놓고 떨어지는 것과 같이
사나흘 동안
흠집이 나지 않도록
풍선처럼 한껏 동그랗게 튀어 오릅니다

막상 해 보면 알겠지만
유리창 들추고 안을 들여다보듯
내용을 알 수 없도록 단단히 봉한 차광용기처럼
우리가 배달한 석양마저 축구공처럼 저녁 속으로 빨려들고
두 사람을 감싸고 있던 미세한 감정이 톡톡 터져
취급 주의는 두리번두리번 갑힙니다

동그라미는 왜 자꾸 생겨나서
이미 동그라미를 그립니까?

## 집의 수첩

　　—봄

　　동쪽에서부터 걸음이 시작되어 서쪽에서 잠시 쉰다 창문
은 다이어리의 중간에 인쇄된 화보다 하늘과 구름과 바닥
이 기둥과 기둥 사이에 있는 회랑을 지나간다 탁상 옆에 놓
았거나 벽에 걸렸던 얼굴들은 액자 밖으로 걸어 나와 꽃에
가려져 간다

　　—여름

　　서쪽에서 두 걸음, 연둣빛 분명한 새들은 양쪽의 계절을
달고 무동력으로 날아간다 여름
　　벌레들과 푸른 위장술의 끼니를 찾는다 사람의 집 근처
를 선회하는 새들은 혀를 찾는 소리나 흩어지는 안부를 주
워 먹는다 그때 온통 푸른 잎 사이로 스프링을 단 밤들이 몰
려든다 한쪽 길이 탁, 닫힌다

　　—가을

　　산의 엉덩이쯤으로 넘어가는 붉은 나무들, 집 지키던 개
가 짖었다 노란 달은 물고기 지느러미처럼 굴뚝을 지나갔
다 바람이 달의 목을 흔든다 동쪽 그림자 온통 보랏빛이다
집의 빛들이 온통 창문으로 몰려들고 나머지는 캄캄하다

>
—겨울

멀리 갔던 새들이 집 근처로 날아들고 납작해진 구름이 내려다보고 있다 산의 엉덩이는 폭포처럼 연못으로 떨어져 내린다 땅 밑을 덮는 이불들에게서 눅눅한 냄새가 난다 바닥은 검은 형상을 하고 솟구치고 서랍을 닫듯 이를테면 상자가 찌그러지듯 말들을 거느린 집이 주머니같이 보인다


—겨울, 또 겨울

뫼비우스의 띠처럼 한 장씩 넘길 때마다 미처 날짜를 채우지 못한 계절이 있고 다시 올 다음 계절이 겹쳐져 있다 전시회처럼 밖에서 보거나 멀리 볼 때 유리창은 달력이다 일요일의 늦잠이 붉은 글씨체로 적혀 있고 누군가 끌고 가는 자전거 뒷자리에 명절이 실려 있다

# 거울의 성

마치 물속에 떠 있듯 거대한 암베르,
바위가 유독 많은 이름과 달리
망토를 두른 성문으로 들어서도
안쪽을 볼 수 없습니다

언덕을 올라가는 게 우리를 더 인도하는구나
어느 쪽이든 전부이거나 일부지만
코끼리를 타고 오르거나 걸어서 오르거나

안쪽에 앉아 바깥쪽을 쳐다볼 거라는 확신으로
물속에 갇히는 속수무책으로
헤엄쳐 나오지 못하면 어쩌나
안타깝기도 부끄럽기도 하였지요

비가 오지 않아도
잠기는 무덤
서 있으면 한참을 멀미가 납니다

도무지 알 수 없고
아무 표정도 안 보이는 성

젖은 눈으로 서성이는 사람들
지난날의 공주가 맞다면

물속은 너무 투명해
엄마 찾는 피의 심장 저 우물에 녹아
두레박으로 건져 올리는 게
가라앉은 몸에 착 달라붙는 뼈
붉은 흙 만져지는 것까지 뿌옇지만

겨우 물속만 다 발라낸 사월을 들여다봅니다
거울은 언제나 묵묵부답입니다
새가 앉았다 날아간 얇은 나뭇가지가 한동안 흔들리는 이
먼 곳 십이월이 붉게 흔들립니다
하늘을 파헤친 마법의 장치가 성을 비춥니다

# 일요일

한 달 두 달 저수지를 돌고 있었다
누군가는 들어왔고 누군가는 나갔다
이따금 산이 내려앉았다
겨울에 태어난 것은 겨울이 나눠 주는 것을 먹고 자라서
저만치 앞서가는 사람과는 거리가 짧았다
보이지 않는 어느 한 곳에서 바람이 꾸벅꾸벅 졸았다
햇볕은 더 붉었고 깊은 침묵 속에 잠겨 있는 것 같았다
강물의 몸에서 처음으로 몸에 닿았던 가장자리
물의 야심은 나지막한 언덕으로 둘러싸여 있는
제 몸을 알맞게 찰랑거리는 거였다
산은 서로의 그림자로 깊어지는 물의 내부를 바라본다
마스크가 자취를 감추듯 몇 차례 개학이 연기되었다
어떤 나라에서는 나가는 것과 들어오는 것이 금지되었다
오래 잠들었다가 창궐하는 왕조와는 달리 자리를 잡은
상황이다
수면에 햇살이 잘게 부서지는 광경을 오래도록 바라보
았다
상류 쪽에서 몸집이 큰 잉어가 뛰어올랐다가 떨어졌다
무증상 변이까지 기승을 부렸다
겨울 강의 바람이 우리의 내부를 통과해 갔다

그리고 내내 아이를 돌보는 어머니처럼
혼곤한 잠 속을 묵주기도가 맴돌았다

# 혀

말에는 항상 뼈가 있다
앞으로 말을 이동시키듯 주사위 굴려 나온 수만큼
횡설수설 기가 막혀 끌끌 차는 그런 말은 이제 죽은 말
뼈가 없어도 부수는 말의 씨
이쪽 말 저쪽 말 모두 옳았다
모든 말을 그저 해 보는 혓바닥들

혀 속에 씨앗들이 가득 들어 있다

딸기처럼 돋는 혓바늘
미각이 좋은 말들이란 부드러운 입에 걸리기 전에
침 발린 말이 되고
죽기보다 더 싫었던
판에 박힌 말
문득 뱉어 버린 것에 대해 입을 굳게 다물었다

삐주룩 혀를 내민 인물들
너무 힘이 들어 대수롭지 않게
넘기거나 방치하기 쉬웠다는 걸
이렇다 저렇다 말은 없고

입만 그대로 내걸었다고 생각했다
종잡을 수 없이 기울어지고 갈라지는
말고삐 당기어 말을 세운다
혀뿌리 짧게 가는 부정확한 이국의
발음들은 꼬부라질 대로 꼬부라졌다

추운 바람을 베고 낮잠 들다 말 그대로 굳은 말들
아픈 말의 속도가 날을 가는 비수로 꽂혔다
입가에 오래전에 버린 사소한 단어들마저 떠오르지 않는다
바람의 살점이 붉은 혀끝에 스친다
소름이 달그락거렸고 침이 흥건했다

## 무한

불빛이 나무 탁자 둘레를 빙 둘러싸고 펜 두 개 태양 빛을 받으며 놓여 있다

의자 뒤에 붙은 등받이 바로 앞 핵무기를 보증인처럼 세운다

문이 열릴 때마다 우주를 돌다 모습을 드러내는 행성처럼 빛이 반짝반짝한다

자기 자리를 지키는 펜이 두리번거리는 그의 눈동자를 맞아 앉힌다

바닥에 기울어진 로켓을 들어 올리는 느낌으로 탁자 중간에서 멈춘다

더 이상 쓸 수 없어 펜을 갈려는 사람들은 말을 아낀다

두 시선이 서로를 침범하지 않는다

멈출 수 없는 잉크! 무작정 간격을 좁히려 이야기하는 입장이다

잠시 뚜껑을 여는 사이 한쪽이 외친다

\>

알 수 없는 중력, 원점으로 되돌아가는 이걸 갖고 놉니다

기울어진 펜이 뭉쳐 자칫 어디로 번질지 예측할 수 없다

그것만 꾹꾹 눌러쓰는 집중이 충성하고 그의 손에서 미끄러진다

이번 발사는 과도한 도발이 아니다 당신들도 쓰고 있지 않나 어디서건 통하는 문장

무거운 걸음을 질질 끌고 국경을 넘었다

의도적이든 주도적이든 별도의 일정은 아직 정확히 파악되지 않는다

연필 뒤에 지우개 꽂는 두 개의 은하가 쌍을 이룬다

있어야 할 곳을 미리 표시해 둔 간격은 모두 휘발한다

성공적으로 발사된 포성이 가까이서 우레같이 들리곤 했다

# 도매상

염습은 새벽이 오기 전에 시작되었다
장법엔 망자의 주검을 예우하는 물건은 특별히 정해진 가
격이 없다
그의 재량은 슬픔을 짧게 자르거나
혹은 길게 늘려 겹겹의 슬픈 사후의 의복을 파는 일

죽음에 대한 인식과 태도, 받아들이고 처리하는 방식에
대리인이 있다면 우리는 기꺼이 상품의 판매자가 되었을 것
이다

엄숙한 직업이다 보니 늘 정장 차림인 그를 일종의 수집 도
매상이라 부르면 어떨까

입관에 앞서 산 자들은 상품을 직접 눈으로 살피듯 눈 한
번 떠 보라는 주문을 했다 대부분 오열엔 대답이 없다 만약
귀가 살아 있다면 죽음이 아닐 것이다 여기저기 향탕을 바르
는 것으로써 목욕을 끝내고 옷을 갈아입히고 그리고 염포로
싸고 묶어 염습을 마쳤다

물가지수에 따라 개인적인 감정 따위는 계산에 넣지 않았다

무게도 달지 않은 죽음엔 규정할 수 없는 암호가 있다

영원한 미궁으로 빠져들듯 은밀한 관계 속으로 어떤 규칙들이 배열되어 있다

비밀번호에 비밀 없듯

잠시 새 옷으로 서걱거리다 명멸하는 지금은

망자의 최대 명절이다


이 예우로 가득 찬 상품은 반품되지 않는다

소인수분해 되듯 유골은 보관함으로 옮겨졌다

한 죽음이 버리려 애써 왔던 숫자들의 조합이 날짜로 바뀌어 번호로 매겨졌다

우리는 포장된 상품을 고스란히 보관했다

제3부

# 메밀국수


겉껍데기를 벗기면 씨젖이 나왔다 달밤을 지나온 꽃들이 하얗다 껍질까지 갈아 넣은 밤은 색깔이 거무스레하다

불안정한 기층, 소나기 여름철처럼 오려는지 먹구름이 한 밭 가득하다 경사지고 거친 산간 모서리 삼각형 씨앗들이 여물어 가는데 다 뾰족한 출구를 지니고 있다

모나고 각진 타래 풀듯 달밤과 칠흑을 아우르는 국수 한 가닥, 메밀은 섞이면 섞일수록 응집력이 뛰어났다 온몸 함씬 젖어 옷 축축 늘어지듯 끈기 있지만 찬 밤에 여문 메밀엔 쌀쌀한 냉정이 뜨거운 비율로 반죽될 때 아무 곳이면 어때라는 듯 끊어지는 면발

산허리는 끓어오를 듯 지열을 끓이고 양은솥 뚜껑 열고 수증기 헤치면 거기 메밀꽃 흐드러지게 피어 있다

억수장마 억수같이 내리고 흙탕물을 피해 처마 밑에 앉아 있다 소나기가 그치면서 토담 새막이 밑으로 지렁이들이 기어다녔다

# 풀들의 시차


오랜 가뭄으로 강물의 뼈가 드러난다
들소 떼가 야윈 강물을 건너간다
먼지가 자욱한 발자국들
발밑은 황토 먼지가 구름처럼 일었다


온도를 따라 풀이 이동하면 소들이 풀을 따라간다
온도는 비등점을 지나 계속 상승하고 있다
초지의 일종이다
발자국이 가축이고 먼지도 가축이다


건기 길어지면 땅도 과방목처럼 날카로운 송곳니를 여러
개 드러낸다
좌우 턱이나 물속에서 맹수들 잠복해 있다
수많은 강들이 있고
강 주변을 살피며 가장 건너기 쉬워 보이는 물길을 찾는다
들소 떼의 이동으로 고요하던 강들이
허겁지겁 배를 채우는 중이다


물은 익사의 흐름을 이빨로 삼는다
퉁퉁 불어 기슭에 걸쳐 있는 물의 과식

>
풀들의 계절은 시차를 두고 대이동을 한다
동물들의 이동을 감지한 초원기후는
짧은 지온을 피워 낸다

들소에게선 먼 길의 먼지 냄새와
타오르는 평원의 홧홧한 풀 냄새가 난다

색실 누비


　따뜻한 겨울 준비하는 색실 먹은 나비 한 벌 가장 따뜻한
계절을 날아다닌 후 다시 몸 한 벌이 된다

　나뭇잎에서 떨어진 송충이가 바닥을 기어 다녔다 한 땀
한 땀씩 수를 놓듯 문양 따라 이리저리 누비며 다닌다
　징그러운 나무 밑 한 벌,

　북쪽에서 긴 밤이 내려오면 빳빳한 무명천에 문양을 그
리고 박음질 선을 따라 겉감과 안감 사이 단단하게 꼰 한지
끈 넣어 잇댄다

　밤새워 주문받은 옷 바느질하던
　솜씨 좋은 졸음이 꾸벅꾸벅하고
　솜 두툼히 넣은 이불 밑에 옴실거리는 애벌레들
　깜빡 잠에는 자줏빛 색실을 꿴 바늘 꽂혀 있다

　실매듭 잘 지어야 풀어지지 않듯 바느질감을 가위로 자른
후 솔기와 단을 시침질한다

　바느질 끝난 방 안에는 여기저기 실밥이 흩어져 있고 나

비는 두 날개 치면서 뒤도 돌아보지 않고 멀리멀리 날아갔다

　애벌레가 나무에 오른다
　두 팔 양옆으로 쭉 펼치면 솜털 안개 일었다
　이불 껍데기 갈다 허공으로 날아오른 듯 그녀 몸도 나비처
럼 가벼워졌다
　가설의 전구 아래 나방들이 부글거리며 날아다니고 있었다

# 남향을 골라 창문을 단다

둥근 주변을 잘라 내고 뿌리를 들어내자 가지에서 자잘한 바람들이 우수수 떨어진다 사개 물린 장롱의 네 귀퉁이처럼 무료했던 흔적이다, 흙과 친했던 잔뿌리들은 모두 자른다

하늘의 우기와 땅의 발효를 거름으로 터를 닦는다 남향을 골라 짧은 가지들로 창문을 삼고 제일 싱싱한 착근을 넣어 둔다 옮길 풍경과 뿌리내릴 풍경을 함께 심어야 된다

트럭에 실려 오는 동안 드문드문 떨어져 나간 세간들 같은 이파리들은 새로 장만해야 하고 축 늘어진 잎들은 말줄임표로 당분간 빈 페이지로 접어 놓을 것이다

잎들은 정돈 못한 방의 책처럼 착종되었다 이미 꽃을 달았던, 계절은 모두 버리고 와도 될 우서 같다는 생각, 그러나 그 계절의 배웅 없이는 우뚝한 착종도 없을 것이라는 생각

나무가 데리고 온 것은 흙 묻은 뿌리만 아니라 오래 서 있던 흔적도 함께여서 아직 잔뿌리에 들지 못하는 나무 눈금 같은 뿌리를 펴서 잡다한 공중 주변을 스스로 쓸어야 할 것

\>

바람이 운구해 간 잎사귀가 한 계절에 먼저 든다

몇 겹의 흔적이 쌓인 나무를 본다 나무가 키운 둘레엔 그늘처럼 깊어진 눈 있어 휘돌다 간 말들이 쌓일 것이고 눅눅한 냄새들이 스멀스멀 기어들 것이다

수직의 방 한 채가 문들을 활짝 열어 놓고 있다

## 사월

목련 나무를 보고 있다
메마른 가지에서 목련이 터지기 시작하듯
철없이 벌어진 일처럼 문득
허공에서 어떤 낱말들이 툭 떨어졌다
마치 추운 날에도
어울리지 않을 것같이 꽤 단호했던 침묵
나무의 지향점이 다르듯
수천수만 가지 말씀을 붓끝에 담아
천지간에 글을 적는 느낌이다
주변을 돌아보면 모든 것들은 제자리에서 분주하다
끝마디 잘린 손가락들이 공처럼 튕겨 오르고
그것을 주워 화르르 달려가고
시시콜콜한 사연부터 끔찍한 일들까지
정체 모를 이상한 죄책감은 마구 늘어나
머리를 짓누르던 마음의 조각들
도로 한가운데로 팔을 벌리며 자동차가 치고 갈 거야
부러지지 않는 손가락을 주머니에 넣는
그 눈빛까지 붕대로 싸맸다
붕대로 감았던 살갗이 뒤죽박죽 몸을 바꿀 때마다
네가 쓰는 일기라든지 편지와는 무관하게

그토록 죄 많았던 나는 한없이 미안해졌다
창밖으로 희뿌연 사막과도 같은 바람이 뿔뿔이 흩어졌다
한쪽 구석에 가져다 놓은 장갑들이 차곡차곡 쌓이듯
지금 목련꽃이 떨어지고 있다

# 로켓


몇천 미터의 연기가 당겨져 있다
추력으로 발사되는 거리
천문학계가 흥분하기 시작했다

미확인 물체에는 미확인이 들어 있다
치밀한 계획 하나를 지금 날려 보낸다
날아갈 수 있는 우주가 있어 즐겁다

페트병 둘레에 작은 페트병 붙이고
별의 감언이설을 넣고 싶지만
대신 페트병에 식초 넣고 베이킹파우더 천에 싸서 넣는다
코르크 마개 하늘 향해 비스듬히 놓고
병 뒤집으면 팽창하여 날아간다

페트병으로 돌아오는 시큼한 비행

태양계 모든 천체들의 진로나 속도 파악하듯
귀환하지 못하는 내부는 무중력
아주 힘세고 오래가는 건전지처럼
대기권 벗어나듯 고무줄로 잡아당긴다

\>

어느 별로도 갈 수 없는 중력
압력 없이 끌어당기는 외로운 존재
사진 찍다 아주 먼 곳의 연착륙처럼 폭발이 목격됐다

페트병 위성이 보내온 화성의 일몰을 가장 먼저 본다
깜빡 사이에 풍경 찍히듯 아직 눈뜨고 있는 곳이 많다

무인 우주선이 막 출발하려는 순간 정지된 풍경처럼
하늘에 묶여 있는 구름이 빠져나갔다

# 누에

수백 년 전 누에의 분묘가 발굴되었다
모서리 죽임같이 흙으로 쌓아 올린 사각기둥
실을 짓던 시간들이 뭉쳐 있었다
무한한 옷 한 벌 품은 실들이 껍질 속에 있었다
집을 바라는 열의의 모형처럼 타임캡슐엔 우주에 관련한
보고서도 발견되었다

집 한 채 따로 들고 나앉듯
방 안에는 숨을 뽑아 날개를 만들고 있었다
좁은 침낭 속에 들어 잠을 자는 듯 죽어 있는 누에고치

자기만의 중심 축으로
한곳에 치우침 없이
부드러운 곡선 속에 계속 굴러가는 방향지시등처럼 마찰
계수가 작았을 것이다
뾰족한 끝이 보이고
자꾸만 균형 잃고 흔들릴 때
세상과 닿는 유연한 포장
쉼 없이 돌고 도는 지구의 자전처럼 모서리가 둥글다

>

잠자는 머리를 어느 쪽으로 돌리지 않은 것들은 화려한
변태를 겪을 수 있다는 듯

미사일 저장고를 개조하듯
우주선 캡슐에 건전지 넣는다
긴급 피난형 집처럼 누에가 고치를 짓고 있다
우화등선처럼 손끝에는
하얀 벌레가 한 마리씩 꿈틀거렸다

## 다크서클

담벼락은 그늘로 기울어지고 눕기도 한다
밝은 곳을 위해 그늘지는 곳들, 파르르 떠는 눈 밑엔
눈감은 외면이나 끝난 생각이 검게 쌓이곤 한다

그늘을 밟고 산비탈 올라간다
담쟁이가 집의 벽을 휘감고 푸르렀다가 붉게 말랐다
눈 밑에 있는 유일한 그늘,
마음 어디서 그늘진 것들이 흘러나와 있는 것이다

표정 없던 얼굴에 잠깐 떨리던 눈 밑
얼굴에 검은 그늘 걷히고 다급한 연락이 있었다

어머니 위독 급래 급히 하향 바람

볕이 없는 그늘

담장은 그새 색이 많이 바라고 낡아 있을 뿐
이제 그늘 벗어나듯 처마 끝에 깃들었던 새들은 모두 날
아가고 없었다
어둠이 필요 없는 새들이란

높은 곳의 새들 뿐이다

담쟁이덩굴 가장자리에 그늘이 지나갔다
근심만 왔다 쉬었다 가는
가끔 파르르 떨리던 그늘
오래 병이 주저앉아 있다 간 곳엔
눈 감은 세상이 가득 깃들어 있었다

## 기린이 걸어 나왔어

종들을 구별하는 것은 오래전부터

먹이를 먹거나 물을 마시거나
긴 앞다리 양옆으로 한 발자국씩 벌린다

각자의 방식으로 자란 비명처럼
뿔은 두 개
혀에 박히는 감정들
몸 안에 새기는 발자국
말의 뼈가 길다

재빨리 일어설 수 없는 낮은 신음으로 쓰러진다 힘겹게
나뭇가지 한쪽을 베어 내는 그 자리에서
목이 잠겨
화를 내고 싶으나 절대 화를 내서는 안 되는 고혈압 환
자처럼 거대한 심장은 얇아서 바람의 영혼으로 끌어올린다

고개를 숙이더라도 무릎을 꺾지 않았고 아주 미세하게 엉
덩이가 흔들리는 크고 작은 가시들
기립 불능은 허공의 환한 무덤에 쌓인다

불을 피워 올리는 연기가 참수당한 목처럼 구름 속으로
얼굴을 대롱거린다

때때로 혼자 외로운 발자국을 밟고 걷는 덕분에 기린은
앞으로 나아갈 수 있으니까

죽은 채로 살아 있듯 산채로 죽어 있듯
발굽 닿는 곳마다
건강한 다리에 힘 풀려 맥없이 눕는다

자기도 모르게 흘러나오는 노래를 틀어막는다 입으로 전
해지는 메아리 달려야 하기에 나무의 목에 꽃을 피운다 그
러나 발자국은 남쪽 또는 북쪽 어디에 속하나 사시사철 흘
리는 피는

# 피항지

여름이 오기 전 피항지의 해벽은 스스로 튼튼해진다
거센 바람이 지나가는 길목에 마을이 있고
너울을 따라 물고기들은 미리 멀미를 앓는다
포구로 피항하는 배들의 선두마다 고삐가 매어진다

기상청은 북상하는 태풍의 진로가 유동적이라 예보했다

바쁜 신발들처럼 나선 모양의 소용돌이를 거느리고 구름
벽을 밀며 당도했다
소멸을 향해 몰려가는 바람에 물기가 가득하다
풍속은 날아다니는 맹금류의 눈알처럼 날카롭다
어종들은 파도의 겹 속으로 숨고
표류하는 일기들이 마을에서 펄럭거린다

어선들이 항구에 가박하고 있다
선장은 조업 일지를 덮고 울렁거리는 어선 일지를 적는다

이때 피항지의 마을에선
바람의 길을 터 주는 일로 부산스럽다
파도의 이불을 덮고 잠들지 못한 집집의 뜰에는

여러 켤레 신발들이 피항 온 배들처럼 떠 있다
제 내부를 위해 끈을 조이는 신발들
뒤뚱거리는 수평을 맞추는 일은 이미 이골이 나 있고
지금은 서로 한 켤레가 되어 묶여 있을 뿐이다

바람은 이미 왼쪽의 절반을 지나
위험반원으로 접어들었다
아침, 라디오가 태풍의 진로 변경선에서 켜진다
마을 집집마다 신발들 시동을 걸고 있다

# 지진어

섬 전체에 진동의 띠가 생기기 시작하고 물은 부르르 떤다 흔들리는 탁자와 어항, 바람이 물결 일으켰고 바닷물이 빠르게 빠져나갔다

지진어가 헤엄을 치고 다녔다 그 크기는 아마도 대륙의 크기가 아닐까 언젠가는 땅으로 솟아오르는 고립된 섬들 헤엄쳐 다니는 땅의 번지가 몸을 키운다

눈은 앵두처럼 붉다 이마 한가운데 가문비나무가 자란다는 설이 있고 등에서는 소나무와 이끼가 자라고 배는 피로 얼룩져 있다

땅 일부였다는 설도 있다 바닷속, 들판, 산, 자기磁氣의 목소리 높고 불안 가운데서 파도보다 먼저 예보관처럼 떠오른다

땅의 지느러미와 하늘의 지느러미를 잡고 구부리면 잘 휘어졌다 떨림 감지하는 태양으로부터 세 번째 궤도를 돈다 처음의 꼿꼿한 상태로 돌아가려는 반발력 대기층으로 둘러싸여 달을 위성으로 가진다

\>

갈매기가 단층처럼 죽은 물고기를 핥아 대느라 날아다닐
뿐 달빛 희번덕이고 고깃배는 한 척도 보이지 않았다

바람이 서편 숲을 빠져나가자 저쪽에서 천둥이 울었다
파도는 더욱 사나웠고 미친바람이 빗줄기와 함께 내리쳤다

# 침몰하는 도시

몰락을 따라가다 보면 도시의 흔적이 있다
모든 모래의 밑에는 아직도 거대한 도시가 있을 것 같다
바람에 이동하는 거대한 지붕
창문을 달고 있는 팔작지붕의 경사면 같은 모래 산
물기 빠진 저녁이 밀려와 쌓여 있는 사막엔
발을 잡는 징후가 깊다

밤이 되면 휘황찬란한 불빛이 발굴되는, 모래의 지붕 모
래의 빛 모래의 담
 거기 거짓말처럼 허물어지고 있는 도시가 있다
 초승달처럼 곱게 휜 오아시스, 아이를 낳고 모래 밥을 먹
거나 모래시계같이 깊은 내지를 거친 도시
 비밀 통로로 바람의 목수가 건사했을 유곽

한 세계의 멸망도 진화의 일종이다
문명의 극에 달한 도시는 공들여 쌓은 모래 탑처럼
몰락의 일몰로 사라졌다

발굴 팀은 한 도시를 출토했다
성곽처럼 굵은 골격을 가졌었던 바람의 길이 있었다

물이 버린 문명은 모래 산이 된다는 듯

발견된 도시에서는

돌촉의 파편 같은 뼈마디가 간신히 붙어 있었다


도시의 건조함이 모래를 불러왔을 것이다

밤이면 모래 속에서 걸어 나온 우물들이 축축한 거죽의

눈빛으로 껌벅일 것이다

# 오징어 다리는 몇 개일까

전봇대에 붙어서 말라 가는 오징어는
예년에 볼 수 없는 풍어였다
다리를 다 떼인 오징어는 아무 데도 갈 수 없다

남동쪽 서너 해리쯤 불야성으로 전등을 밝힌 선단이 진을
쳐 멀리 골목까지 차올랐다

주머니 속은 며칠간 냄새나는 고민이 들어 있었다
한류와 난류가 교류하는 골목은 근해의 바다 같다
지루한 항해의 날들
바람 불면 가오리연처럼 다리가 흔들린다
전봇대 끝 밝은 불빛 쪽으로 몰려 올라가는
오징어는 땅콩을 좋아하고
손이 가요, 손이 가
모두가 달려 있는 것은 본 적이 없고 떼어 간 것은 보았다

가장 오래 씹어야만 하는 품목 중의 하나
말라비틀어져 딱딱한 다리, 질경질경 씹는 오징어에는
오랜 생각이 들어 있을 것 같다
빛을 따라 움직이는 성질이 있어

바다가 차가워지기 시작하면 몰려가는 남쪽

꼬불꼬불 골목길과 좁은 바람이
출렁출렁 제트기류로 지나간다
덕장에 걸어 둔 오징어가 마르는 동안
전봇대는 바닷바람 묻은 숫자들이 붙어 자란다
더 이상 떼어 낼 다리가 없는 날들이 계속된다

# 빵 하나

그는 갈증을 앓아요 죄의 목록에 추가하고 싶은 집을 버
리고 달아나고 싶은 그러니까 무조건 존중할 수 없는 선택
오랜 감옥 생활을 꿀컥꿀컥 삼키는 지구 끝 이야기 빵집을
벗어나 느릿느릿 걸어가는 십 미터 분별심 없는 공복의 맛
쫓아가는 두 발이 있어요 빵집엔 허기가 마냥 부풀어요 오
십 오 세 거리낌 없는 나이 여러 번 궁핍했어요 믿음은 이제
야 말하지만 그에게는 어울리지 않는 말 차라리 감옥을 갈
수만 있다면 빵을 훔쳐라 도둑이 되자 주문을 외워요 훔치
는 것은 마음뿐이라 집이 있어서라고 못을 박아요 집을 떠
나고 싶어 자기 발등 자기가 찍어요 금식 기도로 시작된 그
의 꿈이 자연스럽게 멀리 못 가고 현실로 끌려와요 감옥에
들어가는 것을 상상하는 것만으로 안정되는 기분이에요 잠
깐이라도 시간을 거스르고 싶어요 지금이 그때예요

제4부

# 유예

경산, 다닥다닥 붙어 있는 선산 앞에 섰다 지상의 고단함 털어 내듯 오늘처럼 추운 날의 구덩이 느닷없이 지난 기억을 세워 밀어 넣으면 겨울이 가고 나뭇가지가 부풀어 올랐다 금지 구역같이 더 깊게 파 들어간, 일찍이 겁에 질리지 않는 죽음을 본 적이 없다 쉬엄쉬엄 늑장 부리듯 더디게 오는 느림보 걸음으로 우리는 늙기 전에 슬픔을 나눠 가졌다 치욕과도 같은 싸움에 번번이 질 때마다 반발심 때문은 아닌데도 제각기 다를 수밖에 없는 방식들 근 오십 년 너와 나의 이름에는 돌림자처럼 똑같은 바람이 계속 돌아다녔다 내가 기껏해야 너에게 해 줄 것은 이렇게 부끄럽게도 쓰는 일 뿐이란 걸 네 그림자를 밟는 것처럼 앞에 길게 출렁대는 흙을 꾹꾹 밟으며 허공에 귀를 대 본다 먼저 너무 위급한 울음의 뼈조차도 수치스럽게 바람의 언덕에 휘날려 보낸다 흔히들 그렇듯이 예측할 수 없이 심장이 멎은, 그리고 지금 이 순간 발을 뗄 때는 사람들 결국 너의 머리통만 덧대졌다 대신 울어 주는 듯 걸음을 재촉했던 바람이 만가처럼 울렸다 이후로 몇 장의 페이지가 더 생기게 되었다

# 얼레빗

뿌리 살리기 쉽지 않은 것이다 유선형의 선인장이
삐죽삐죽 빗살들이 소름이 돋기도 전에 둥근 태양을 생각
할 수 없는 것이다


앞으로 내렸다가 위로 올리는 제일 편하도록 길들이는 방식
서서히 물기 마르는 감정이거나 똑같이 살리거나
최소한의 예의를 지키기 위해 조금씩 굵어지는 이거
물결처럼 웨이브를 줄 수도 있는데
물가에 자꾸 흘러내리는


한동안 등대의 호흡법으로 부풀어 올랐는데
아직도 빠져나오지 못한 배 속에서
모든 신들을 부르고
살 수 있을 거라 믿으니까
가만히 기다리라는 안내 방송을 남기며
물속에 뛰어들면 안 돼요
이토록 가는 한 움큼씩의 원형탈모


수천 개의 하늘을 붕붕 나는
등에 달린 은빛 날개에 대해서도

죽은 아이 나이 세듯

문자가 그토록 오래 씹히니까

우리가 마침 본 것은 모두 거짓말 알리바이뿐인데

발등 위로 쌓이는 머리카락들


저기 붉은 잉어들이 지루한 숨들을 뱉어 내는 걸 본다

온종일 햇빛 반사되어 허공을 빨아들이고 있었다

# 헤링본 풍으로

손가락 언저리가 뾰족하게 돋았어요 꼭 누르고 뺐어요 빼
내면 나오고 또 나왔어요 쉽게 빠지는 건 알고 있었는데 막
무가내로 터 잡고 뿌리 내린 건 몰랐는데 문득 번지는 물비
린내 피비린내

마치 손이 만졌던 푸른 등지느러미, 내 근심이 된장국
먹고 겨우 장미꽃의 지척에만 머물렀던 거예요 유심히 살
의 다른 살이지 의심하다가 가슴 아래 갈비뼈가 그대로인
지 세었어요

순식간에 자라나는 몸속 지도에는 바다가 적어도 탱자 가
시 울타리로 그려진 걸까요? 까슬까슬하게 만져지는 물갈
퀴의 윤곽, 나무일지 물고기일지를 정원사에게 물어야 하
겠지만,

심해의 탯줄 달고 내 속으로 금방 옮겨지는 것도 가능한
일인지

한 달하고 더 전날 훨씬 전날, 숨을 들이쉬고 내쉴 때 얼
마나 목에 걸리는지 그야말로 아가미의 몸이 바뀌는 이야기,

\>

가만히 손을 맞대요 비교적 야채보다 생선을 먹는 날이
많을 것인지 바닥의 타일을 세고 성당에서 나오는 일, 이제
푸른 가시는 절대 돋아나지 않았으면 해요

# 일찍 핀 꽃잎들이 흩날리는 정오이지만

혀가 한 겹 두 겹 뿌옇게 입김을 내뿜기 시작했다
입천장에 눌어붙어
황사에다 미세먼지 입자성 유해 물질로부터
안쪽을 위로 반대쪽을 아래로 코 누름쇠를 충분히 늘인다
사나흘에서 일주일까지 눈앞이 캄캄해
어떤 나라에서는 콧등으로 김 서림을 완벽히 없앤다지
산소 농도는 더욱 희박해지고

북극에서 왔나 보다
투명한 플라스틱 일회용 컵에는 얼음이 동동 떠 있고
누군가의 이빨이 바드득거리는 소리가 들리는 그 시각
혀 근육 마비되고 한동안 슬리퍼 차림으로
스타벅스 테이크 아웃 커피를 한 손에 들고
올겨울이 추운 것처럼 여름 또한
혹서로 다가와 펄펄 끓을 것이란 앞날이 있다

어디에선가 백 년 전의 모습을 지켜본 것처럼 대책 없이
일찍 핀 꽃잎들이 흩날리는 정오이지만

윗입술과 아랫입술이 서로 얽힌 주둥이가

이중 삼중으로 목울대가 차오르듯

한참 후에야 가까스로 더듬거리며 말을 시작하는 사람들

계속 숨이 차고 답답해

하루만 벗어도 되련만

꾹꾹 누르는 화면에서는

빙하가 무너져 내리는 광경이 여태 비쳐지고 있다

일이 너무 커져서 벗어나고 싶은데

끝내 다이너마이트로도 멈추지 않는다

온 세상 가득 백 년 만에 꽃비가 내린다

# 대야미

안개를 몰고 오는 누가 있는 게 분명하다
도심에서 밀려
생각에 잠기는 시간
굴다리 지나 왼쪽으로 길을 잡고
소리 없이 왔다
소리 없이 가는
안개 속을 걸어간다

걷기 좋은 꽃길이 길게 이어지듯
안개는 구두를 신지 않아도
먼지를 몰고 다니고
하루아침에 말끔히 씻기지는 않듯이
씻고 싶다,
말끔히 씻고 싶다
부끄러워 풍경이 되는 것들은 흐르는 소리로 뒤척이겠다

끊지 못할 발걸음 그림 되어 흩어지는 수리산
길게 늘어진 선로가 골짜기 받치고 있다
반쯤 가려진 해시계 위에 동쪽만 보이는 낮달
신발들 털어 내듯 계절이 깊고 봄은 쉬었다 간다

&gt;

우묵한 대야 물말끔터에서 반월호수로 이어지는 길이 멈
춰 있다

## 바람을 테이핑하다

깨진 바람은 날카롭다
밤새도록 바람이 얇은 것들을 기웃거리고 있었다
창문이 바르르 떨고 있고 회오리바람이 압박붕대처럼 온
마을을 휘감고 지나갔다
나뭇가지가 꺾였고
파편처럼 떨어지는 잎사귀들을 쓸었다
빙그르르 몸을 돌리듯 우산처럼 뒤집힌 꽃들
고구마밭 순이 어제보다 더 엉겨 있었다

바람이 지나가는 근처의 창문들은
전조통을 앓는 만성질환이 있다

파스처럼 통증 부위에 붙인 테이프들, 바람등급처럼 근
육의 시작 부위와 끝 부위를 찾아 크기와 형태에 맞게 테이
프를 자른다

끈질긴 물음에도 입을 봉하듯
날아가는 바람을 붕대로 썼다

바람을 사각으로 돌리면 달팽이 모양처럼 네모난 바람

소리를 냈다

테이핑되지 않는 창문들

태풍의 눈 속에는 바람이 없다

하오의 기울어진 창문 밑에 부서진 햇살들이 반짝인다

# 역류

하수구는 폭탄 구덩이처럼 부글거렸다
부글거리는 풀을 키우고 있었다
장마철엔 잡초들이 무성히 돋아났다

상반된 두 갈래의 감정처럼 땅속에서 솟아오르는 김들
무한량의 물을 빨아들이듯 배관 속에 도사리고 있는
늪처럼 둘레에 우거진 덩굴풀
아가리는 빗물과 섞여 악취를 풍겼다

마개를 열어 놓듯 무서운 속도로 역류하는, 구불거리는
배수관의 내부를 보았다

풀 속에 숨어 동정 살피듯
먼지와 낙엽들이 날아와 쌓이고
아직 풀리지 않은 음모처럼 거미줄 쳐 있다
역류하는 것들엔 자잘한 뿌리가 있고
물을 휘젓고 다니는 풀씨들,
풀들은 가느다란 수심을 갖고 있다

세찬 물결 헤가르고 둔덕으로 기어오르듯 풀의 역류는 관

조인트처럼 넘치지 않는다

   마디가 있어 넘실대는 것들

   초본抄本이다


   짙은 속눈썹 끝에 맺힌 눈물처럼 습기 찬 대기 속으로 바람이 달라졌다

   눈초처럼 땅에서는 아직도 더운 기를 내뿜고

   잘만 하면 내 발등에도 정맥 같은 파릇파릇한 풀이 돋아날 것 같다

# 여러 번 말했으나 한 번도 말한 적 없는

사탕처럼 혀를 굴렸어요
걸리는 건 침이 아니라 말이지만
아프리카 사람들 소 목덜미 구멍 뚫어
피 빨아 마신 후 소똥으로 덮는지
끝나지 않고 들러붙는지
혀를 쏙 내밀고*
홍합처럼 까맣게 다문 밤을 벌려요

들리나요 혀끝에 매달린 심장
가리고 막혀 앞뒤로 한 발
서울이 무섭다니까 남태령부터 기는
천국과 지옥을 두드리는 혀들
낭떠러지는 어디만큼 가팔라서
아득한 천길만길로, 아슬아슬 위험해!

노을을
씹어 삼켜도 그만이지만
뱉을 수도 없어 더 밀지 마라
아래를 내려다보는 절벽
바람이 살점을 떼듯 혀는 왜 붉은 것인지

&gt;

달그락거리는 소름과

씨가 있는 딸기의 혓바늘

이렇다 저렇다 반을 갈라

기가 막힘이 횡설수설 언제 혀를 끌끌 차는지


지금까지 한 말 다 지워 버리고

누가 혓바닥을 길게 늘어뜨리겠어요




* 핸드릭 릴랑가.

## 틸란드시아

바람이 세상을 흔든다
긴 생머리 휘날리며 등장한 에어플랜트
좀 그럴듯한 음악에 맞춰 머리를 흔든다

흙 없이 사는 오늘
오전 예보는 나쁨인데 오후 예보는 다소 나쁨이다

가끔 하늘을 보며 몸을 부르르 떨기도 했다
온통 뿌연 하늘을 격렬한 시간 속의 떠돌고
미친 듯이 머리를 흔드는 것
그게 우리가 사는 방식입니다

숨이 막힐 것 같은 공중에서 무작정
목만 흔드는 게 아니라
허리와 등을 움직이며
풍차 돌리기처럼 안간힘으로
이쪽저쪽 고개를 회전하고
한 번도 뒤집은 적 없는 뒷모습으로
우리 중 누군가는 분위기 탄다고
거꾸로 머리를 뒤집는다

&gt;

매달리기 위한 이것 말고 할 수 있는 일은 사실 없었다
고 어둠을

팽팽하게 잡아당기던 숨소리들,


먼지들이 풀썩 솟아올랐다가 내려앉는다

젖은 머리 빨아 널듯 틸란드시아, 몸속으로 일제히 허공
을 빨아들이고 있다

# 피어라, 장미

그 집, 얹히거나 휘늘어진 꽃 우거졌었다

장미 꼬리 쳐들린 갸름한 꽃잎 활짝 벌리듯 소변을 본다
오줌의 지린내 온 방에 퍼졌다

누구 말도 듣지 않는, 가시 돋친 말들만 몸 구석구석 박
아 놓고 자꾸만 방향을 잃어버린다 고집 센 저 성미 붙들어
맬 수도 없다 원을 그리듯 둘러 쌓여 있는, 몇 겹의 색과 속
을 갖고 있다 맨몸으로도 근육이 되었던 결기, 찔러도 피 한
방울 나지 않을 것 같은 독한 구석이 없었더라면 그 시절 무
슨 수로 감당했을까 살이 부쩍 빠졌고 자꾸만 헛웃음 친다

저편, 연분홍 수줍음에 거리로 달아나 쏘다녔다 웃음이
헤퍼 남자 하나 꿰어 찰 때마다 가지는 이웃집까지 뻗쳤다

망상은 봉곳봉곳 부풀어 올랐고 배반은 배반을 낳았을까
몸에 향수 뿌려 정신 몽롱한, 자꾸 길을 내달리는 기억이 불
쑥 쫓아 누굴 찾는지 고개가 외로 젖혀진다

웃음은 전염병처럼 바람을 갖고 논다 모든 꽃들은 다른

의식으로 살아갈 것이다

　밖으로 나가려고만 하는 담장 잎사귀 축축 늘어지고 누
군가 꺾어갈지 모를, 물 내리면 순식간에 지는 노란 장미에
피멍 같은 진딧물 번져 있다 바람이 분다

# 하늘 식탁

식탁 위에는 별 모양의 수저받침이 사람의 입처럼 가지
런히 놓여 있고
은 쟁반에 받쳐 온 주전자와 유리컵들이 놓여 있다
먼 옛날 푸른 파도의 소리를 녹여 만든 유리, 흘러내리지
않는 물의 모양을 보려고 만든 유리컵
마술사들이 속임수를 담아 먹던 그릇이었다지

별의 이동 경로를 따라 정해진 만찬 코스를 내밀듯 부엌
한편에 식기들이 놓여 있다
밤하늘이 차려진 둥근 밥상을 쳐다본다

식탁보가 씌워 있고 밥그릇 몇 개 놓여 있는 밤하늘
테두리 없이 몇 군데 우그러진 식기들과 별들은 아직 식
지 않는 찌개처럼 보글거리며 끓고 있다
밥에 섞인 잡곡처럼 반짝거리기도 한다

봄동을 부엌 바닥에 펼쳐 봄을 절이기 시작한다
고춧가루에 버무려 화려한 색을 접시에 담아 밤의 입맛
을 돋워 준다
하늘 한 귀퉁이를 뚝 잘라 차려 놓은 밥상

식탁 위에 활짝 폈다

불안하게 놓여 있던 접시가 쨍그랑 소리를 내며 바닥으로
떨어져 별의 모양으로 돌아갔다
하늘 쳐다보니 문득 허기 같은 그믐이다
식탁 위 빈 식기들처럼 별들이 텅텅 비어 있다

식탁보를 들추자 별과 초승달의 궤적이 춤춘다

# 발레리나

플라타너스가 발끝을 세워 자세를 잡고 있다
발뒤꿈치를 살짝살짝 들고 새의 깃털처럼 가벼운 비상
토슈즈 속에 감추어진 요정처럼 빛나는 다른 한편으로
굳은살로 뒤범벅되어 기형으로 변한 발
발바닥 멈추기처럼 발동작 하나하나
모든 작품에 그저 최선을 다했을 뿐
어찌 그리 우아하고 가벼워질 수 있을까
오로지 자신과의 싸움이라는 거친 발이 이슈다
생의 무대 위에서 줄곧 조연
어떤 목표를 가져 본 적도
경쟁을 생각한 적도 없다는 사실
몇천 켤레의 토슈즈가 닳아 떨어지도록
심지어 발가락뼈가 부러지는 부상을 입고
붕대로 감고 슬럼프는 친구라며 진통제를 삼킨다
늘 어딘가 아프고 아프지 않은 날은
게으름의 회복기가 길어진다고
마디가 툭툭 불거져
하마터면 눈물을 뚝뚝 떨어뜨릴 뻔
노란 수액 몇 개씩 꽂는 것은 예사롭다는 듯이
군무로부터 하프 솔로 솔로 마돈나의 자세로 발가락을

움츠렸다


　바람의 무게까지 까치발로 번진다고 믿게 되는 오후
　나무의 꿈은 어떤 각오같이 불안한 가운데 새들의 날개
위에 실리곤 했다
　고마워요, 행복했어요, 커튼콜의 스포트라이트
　한동안 두 손으로 심장을 지그시 누르고
　올해의 플라타너스가 맨발로 다른 동작을 보여 주고 있다

# 붉은 손

서 있는 수숫대는 붉은 손 같다
동생은 흐린 날만 되면 뼈마디가 자꾸 새큰거린다고 했다
여전히 구부리지 못하는 기억이 있다는 듯
손마디를 우두둑거리면 마디가 굵어졌다
동생은 한 번도 구부리지 않은 손가락으로 뻣뻣한 횟수
를 셌다
우리는 구부러져도 좋다는 결기로 손마디를 만들었다

긴 목 늘여 서 있는 설렁한 수숫대들이 미친 듯이 설렜고
그믐달이 수수 이삭 위에 위태롭게 걸려 있다
외상은 스스로의 상처가 아니다
기어이 높이 올라서야 살짝 구부리고 내려다보는 아래
가 있지만
제 목 아래에 둘 수 있는 일들 또한 많지 않다

공중을 뛰어 올라 붉게 익어 가는 손가락이 있다
지나간 일들 중 손가락으로 꼽아 보기 싫은 일이 있듯
가장 높은 곳으로 끌어올리는 붉은 유전이
하나같이 양파 자루를 쓰고 있다
저 촘촘한 올을 벗어나지 못하고

여물어 갈 붉은 소름이 풀 냄새 나는 작두에 뎅겅 잘린다
빗자루 만들어 시원스레 쓸어 내고 싶은 순간을 향해
핏방울 같은 알맹이들 다 배어 나와 있다

수숫대 꺾는 날
동생의 붉었던 손이 여전히 부들대며 떨렸다
그때 문득 동생의 돌아온 손가락이 보였다

## cancan

가끔은 지나치게 높은 신발은 피합니다
땀방울로 머리카락 헝클어지고
쥐가 나고 머릿속에선
자꾸 강아지가 짖곤 합니다

정말 끝도 없이
단원들이 고개를 흔들 때마다
오늘은 별로여서
춤추는 시간이 더 길고 서 있기 불편합니다

개의 보드라운 털과 같은 치맛자락 활짝 벌려 옆으로 무거
운 주름을 바람이 단단히 잡습니다

다리를 드는 게 나은 건 모르겠어서
실제로 발톱이 시커멓게 죽은 것은 입 밖에 내지 않습니다

발끝에 뿔이 느닷없이 튀어나오는 건
여간 괴로운 게 아니지만
핏발 선 눈동자
어떤 착지에 대해서라면 그래도

지구의 중력을 팽팽히 쥐었다고 말합니다

구두 벗어 잠시 접었다 펴면서
밤은 무리 없이 깊어 갑니다
집으로 가려면 계단을 이십 개 내려가야 하고
이제 모두 불을 끈 집을 지나고부터 개의 눈빛으로 기도
합니다

한쪽 다리를 들고서 강아지의 발톱이 벽을 긁어 대는 새벽
꼬리를 흔들다 내린 걸까
과연 오늘이 어제이기나 한 것인지 그녀가 팔을 힘껏 휘
젓는다

# 그가 돌아왔다


겨울잠을 준비하는 동물들은 제 몸이 저장 창고다 키 넘은 나무들 빽빽이 밀생하는 주위는 고대 동굴 속처럼 음침하다

오늘 움푹한 굴 하나가 한 마리 곰으로 배를 채우고 겨울잠에 든다

겨울 동안 굴은 곰의 심장을 빌려 낮은 숨소리로 잠을 잘 것이다 무릎 위에 턱 괴고 생각에 잠긴 듯 가슴팍에 흰 털 무늬 드러나 있다 풀숲 길쭉한 턱엔 솜털 보송보송 나 있다 블루베리 산딸기 연어의 계절 따뜻한 극지가 잠들어 있다

바람 잠든 숲은 거대한 포식자처럼 어금니 치열을 고른다 주둥이 짧은 여름풀이 긴 혀로 바다풀처럼 떨고 수염 깎듯 팽팽하게 살 오른 아래턱 쓰다듬는다

블루베리가 익는 들판과 꿀이 잉잉거리는 벌집, 파닥거리는 강이 흐른다 나뭇가지 헤치면서 앞으로 다가오는 서리 안개 보듯 온몸 진땀 범벅 되고 숨이 턱에 닿을 때마다 굴 안의 침묵은 한결 무게를 줄이는 중이다

\>

햇살 머리 위에서 쏟아진다 오랫동안 희고 푹신한 이불 덮고 잠에 빠졌던 극지가 그 큰 덩치를 조금씩 들먹거리며 기지개를 펴기 시작했다

곰이 돌아왔다

## 목독木牘

숲 안쪽 딱딱거리는 소리가 나무에 붙어 있다
날카로운 부리가 들어 있는 소리
소리는 점점 둥근 모양으로 변한다
둥근 구멍을 내는 소리의 모양을 보고 들었다
나무의 한쪽을 헐어 내는 작업
가지마다 돋아나는 획 같은 나뭇잎들이 떨린다
긴 부리를 넣고 다니는 날개의 공구 통

그늘 천막이 펼쳐 놓은 나무 둘레에
흰 목질의 파편이 쌓여 간다
지금 느티나무에 딱따구리의 서각이 한창이다
나무 한 그루에서 둔탁한 소리들을 다 빼내고 나면
그 자리에 부드러운 둥지가 들어설 것이다
공명으로 파 놓은 둥근 집

서각은 나무의 공명만 남겨 놓고 옆의 표면을 긁어내는
일이다

훗날 나무에 귀를 대면 털 없는 허기가 들릴 것이고
더 훗날 새끼들 다 날아가면

구겨지지 않는 흰 목질에 조류의 문자가 새겨져 있는
나뭇조각들이 낙하할 것이다

부리로 새긴 목독木牘
저 소리 다 그치면 글자들은 조용한 페이지를 얻는다
딱딱거리는 비문
나무의 목덜미에는 흰색의 눈썹 무늬의 문양이
고여 있는 바람의 소리로 새겨져 있다

# 오래된 노래

검은 비닐 덩어리에 불과해 숨 쉴 틈도 없이 얼마 되지 않아 마찰음이 좀 거슬렸고 숲이 아닌 곳에서 허물을 다 벗어놓은 느낌 저마다 귀 모양이 달라 움직임을 빠르게 찍어 내지 손바닥 안에 착 잠길 정도의 작은 무게가 정말 가벼워 너무 마음에 들어 아무래도 공중을 향하여 몇 갈래로 나눠진 감정들은 코브라처럼 머리를 꼿꼿이 세우고 격렬하게 숨을 쉬지 목 뒤쪽에 있는 눈알이 돌아다녔어 굽은 등과 허리 펴고 갖다 붙이는 겨울잠 대신 배를 갈라 끌어내는 독니와 흥분들 덥지도 않은데 계속 부채질하듯 상인들은 모든 소리를 길들이고 어느 날 작은 라디오 소리 같은 밑도 끝도 없는 말들이 흘러나왔어 기괴한 소리로 사랑을 나누는 음색처럼 한쪽 귀가 먹먹해 삐 소리도 나는 돌발성 난청 무선이 아닌 유선의 방식 필요 이상 줄감개에 줄을 감고 배터리 소음을 줄여야 끊김과 연속은 가능하지 혼자 버림받은 듯 불안이 지난여름의 풍경 속에서 귀를 후벼 파고 맴돌았지 커다란 코브라의 오래된 허물 같은 비닐 가득 뒤집어쓰고 귓속으로 쏙 끼어들어 왔어 잠을 이룰 수 없어 계속 이어폰을 꽂고 스마트폰을 내려다보고 있었어 잠깐 껐다가 다시 켰는데

손가락을 튕기고 있는 것으로 보아 저녁의 별들이 신이 난 듯 발광하고 있었어

# 숲과 어둠과 몰락 이후를 횡단하는 혼종의 언어

조동범(시인)

시인의 언어는 우리가 알고 있는 세계를 배반함으로써 스스로의 존재를 만천하에 드러내려 한다. 시어는 단선적인 세계를 거부하는 언어이며, 이율배반적인 세상을 재현하려는 시인의 의지이자 결과물이다. 그런 만큼 낯선 세계를 창조하고자 하는 시인의 사투는 놀랍고 처절하다. 시인은 유사성의 세계로부터 벗어나기 위해 '다른' 지점을 응시하는 시적 의지를 불태운다. 이것이 바로 시의 언어이며 시인의 책무이다. 상투적인 세계를 배반하려는 노력을 기울이지 않는다면 그곳에 더 이상 시의 언어는 자리할 수 없다.

장유정 시인의 작품은 씨실과 날실이 교차하는 것처럼 끊임없이 세계를 오가며 다층적인 지점을 선보인다. 단순히 하나의 낯선 세계를 만들고자 하지 않고 서로 다른 두 개 이상의 지점을 대응시켜 새로운 감각을 전개하고자 한다. 서로 다른 세계를 교차하는 언어는 훨씬 큰 자장을 갖기 마련이다. 그것이 단지 두 세계를 아우르기 때문이 아니다. 서로 다른 세계를 수렴하는 것은 단순한 결합 이상의 세계를 만들어 낸다. 그것은 화학식에 의해 새로운 물성과 세계가 탄생하는 것과 같다.

장유정의 시는 자연과 도시, 서정과 서경을 횡단하며 그것을 하나의 영역으로 수렴하고자 한다. 일반적으로 시인이 자연을 노래할 때 그것은 서정의 양상으로 발현하며 우리에게 익숙한 세계를 제시하는 경우가 많다. 하지만 장유정 시인은 익숙한 자연으로부터 도시적 감수성을 전개하기도 하고 서정의 영역에 비극적 근대를 결합하기도 한다. 낯익은 듯 시작된 시적 세계는 우리를 어느새 낯선 지점에 부려 놓는다. 그런데 장유정 시인이 중첩시킨 시적 세계는 단순하게 낯선 것을 열거했다기보다 그것의 결합을 통해 특별한 효과를 노린 것으로 파악할 수 있다. 그리고 그러한 방법론은 혼종성의 세계를 형성하며 장유정 시의 개성을 만들어 낸다.

목련 나무를 보고 있다
메마른 가지에서 목련이 터지기 시작하듯
철없이 벌어진 일처럼 문득
허공에서 어떤 낱말들이 툭 떨어졌다
마치 추운 날에도

어울리지 않을 것같이 꽤 단호했던 침묵
나무의 지향점이 다르듯
수천수만 가지 말씀을 붓끝에 담아
천지간에 글을 적는 느낌이다
주변을 돌아보면 모든 것들은 제자리에서 분주하다
끝마디 잘린 손가락들이 공처럼 튕겨 오르고
그것을 주워 화르르 달려가고
시시콜콜한 사연부터 끔찍한 일들까지
정체 모를 이상한 죄책감은 마구 늘어나
머리를 짓누르던 마음의 조각들
도로 한가운데로 팔을 벌리며 자동차가 치고 갈 거야
부러지지 않는 손가락을 주머니에 넣는
그 눈빛까지 붕대로 싸맸다
붕대로 감았던 살갗이 뒤죽박죽 몸을 바꿀 때마다
네가 쓰는 일기라든지 편지와는 무관하게
그토록 죄 많았던 나는 한없이 미안해졌다
창밖으로 희뿌연 사막과도 같은 바람이 뿔뿔이 흩어졌다
한쪽 구석에 가져다 놓은 장갑들이 차곡차곡 쌓이듯
지금 목련꽃이 떨어지고 있다

—「사월」 전문


　"사월"이라는 시간을 통해 느낄 수 있는 것은 무엇일까?
그리고 시의 첫 행에 등장하는 "목련 나무"가 환기하는 정
서는 무엇일까? 우리의 보편적인 정서와 의식 속에 떠오르
는 것은 자연을 중심으로 한 서정성의 세계다. 하지만 '목련

나무'로부터 시작한 「사월」은 "낱말"과 "침묵"을 지나 "잘린 손가락"과 "자동차" "죄 많았던 나" 등의 낯선 국면으로 이어진다. 그러나 이것은 자연 서정 이외의 소재를 호명한 것만을 의미하지 않는다. 시인이 말하고자 했던 "사월"의 세계는 끊임없이 다른 세계로 전이되며 뒤섞인다. 그리고 이렇게 섞인 세계는 기묘하게 구축된 낯선 시의 지평을 우리 앞에 펼쳐놓는다.

그것은 혼종성의 세계를 만들며 우리 앞에 당도한다. 혼종성은 모든 문화에 필연적으로 다양한 문화가 혼재되었음을 의미한다. 또한 혼종성은 단 하나로 이루어진, 온전히 순수한 세계가 없음을 뜻하기도 한다. 장유정의 시는 혼종성을 통해 다층적인 감각을 소환하고자 한다. 이것은 분명 낯선 언어와 감각이지만 이천 년대 초반을 풍미했던 '미래파'의 시와는 다른 양상을 띠고 있다. 미래파처럼 전위의 극단을 드러내지는 않지만 개성적인 어법을 통해 장유정만의 시적 세계를 선보인다. 미래파의 시가 낯선 것들의 충돌을 통해 이질적, 파편적 양상의 충격을 전달했다면, 장유정의 시는 환영과도 같은 낯선 세계를 자연스럽게 제시한다.

그것은 충격의 양상으로 다가오려는 언어라기보다 은밀하게 우리의 의식을 장악하며 다가오기를 희망하는 언어이다. 「사월」이라는 시 한 편만으로 혼종성을 단언할 수는 없을 것이다. 하지만 혼종성은 시집 전반을 장악하며 시적 개성을 확보한다. 그것은 한 편의 시 속에 혼종성을 교차시키며 발현되기도 하지만 개별 시편 사이의 차이와 다름을 통해 나타나기도 한다. 장유정 시의 차이와 다름은 데리다의 '차연(différance)'처럼 차이를 통해 의미를 지연시키는데, 바로 이것으로부터 시적 개성이 공고해진다. 장유정의 시 언어는 독자들의 사유 체계를 비껴가고자 하지만 파국을 지향하지는 않는다. 그리하여 그의 시는 낯익은 듯 낯설고 낯선 듯 낯익은 언어 체계 위에 구축된 아름다운 혼종으로 남는다.

　　염습은 새벽이 오기 전에 시작되었다
　　장법엔 망자의 주검을 예우하는 물건은 특별히 정해진
　가격이 없다
　　그의 재량은 슬픔을 짧게 자르거나
　　혹은 길게 늘려 겹겹의 슬픈 사후의 의복을 파는 일

　　죽음에 대한 인식과 태도, 받아들이고 처리하는 방식
　에 대리인이 있다면 우리는 기꺼이 상품의 판매자가 되었
　을 것이다

　　엄숙한 직업이다 보니 늘 정장 차림인 그를 일종의 수집
　도매상이라 부르면 어떨까

　　…(중략)…

　　물가지수에 따라 개인적인 감정 따위는 계산에 넣지 않았다
　　무게도 달지 않은 죽음엔 규정할 수 없는 암호가 있다

영원한 미궁으로 빠져들듯 은밀한 관계 속으로 어떤 규
칙들이 배열되어 있다
　　비밀번호에 비밀 없듯
　　잠시 새 옷으로 서걱거리다 명멸하는 지금은
　　망자의 최대 명절이다

　　이 예우로 가득 찬 상품은 반품되지 않는다
　　소인수분해 되듯 유골은 보관함으로 옮겨졌다
　　한 죽음이 버리려 애써 왔던 숫자들의 조합이 날짜로 바
꿔어 번호로 매겨졌다
　　우리는 포장된 상품을 고스란히 보관했다
　　　　　　　　　　　　　　　　　　　　　—「도매상」 부분

　"도매상"을 통해 우리가 떠올리는 것은 무엇일까? 어떤
것이 "도매상"이 전달하는 감각과 부합하며 시적 세계를 만
들어 낼까? 과연 "도매상"은 시적일 수 있는가? 그것이 시
적일 수 있다면 어떻게 작품은 전개될 것인가? 「도매상」이
라는 제목을 본 후에 처음 든 생각은 이런 엉뚱한 것들이었
다. 시인이 호명한 "도매상"은 죽음, 정확히는 장례의 장
면과 연결되며 시적 의미를 증폭한다. "도매상"이 죽음이
나 장례의 풍경과 연결될 때 시적 스펙트럼은 확대된다. 이
때 「도매상」에 나타난 혼종의 양상은 조금 다른 형태다. 시
언어나 정황의 차이를 통해 혼종성을 제시하지 않고 제목
과 내용의 차이를 통해 혼종성을 구현한다. 이것은 이종의
세계가 결합하는 것처럼 차이와 다름을 시적 구조의 기반

으로 삼는다.

제의를 진행하는 "일종의 수집 도매상"인 그는 "물가지수에 따라 개인적인 감정 따위는 계산에 넣지 않"는다. 죽음은 "포장된 상품"처럼 놓이고, 죽음을 둘러싼 슬픔이나 회한, 고통과 번민 등의 감정은 "한 죽음이 버리려 애써 왔던 숫자들의 조합이 날짜로 바뀌어 번호로 매겨"진 것처럼 바뀐다. 그럼으로써 죽음은 물화된 세계가 되며 실체를 잃어버린다. 장유정 시인이 죽음에 응전하는 방식은 이처럼 낯설고 새롭다. 시인은 죽음과 장례가 주는 낯익음으로부터 도망치려고 하는데 이때 포착한 것이 바로 "도매상"이다. 그러니까 "도매상"은 혼종성 그 자체이며, 시 전체를 낯설게 추동하며 시적 구조와 감각을 완성하는 도구다.

오래전 풀숲에 쪼그리고 앉아 오줌 눈 적 있다,
사타구니에서 구불거리며 빠져나간 뱀, 그날 이후 몸엔
부르르 떨리는 진저리만 남았다.
뼈마디가 쑤시고 아팠다.
몸속에 남아 있는 뱀의 허물이 자꾸만 꿈틀거렸다.
할 수만 있다면 도망친 뱀을 다시 불러들이고 싶었다.

안마사는 손끝으로 뱀을 찾아낸다고 한다.
밝은 손끝으로 뱀의 허물 찾아 그 허물 속에 한동안 뱀
을 풀어놓는다고 한다.

우거진 숲길을 기어 꿈틀거리며 등바닥으로 기어 왔다.

먹이 앞에 두고 몸 잔뜩 도사리고 있는, 휘어진 모습이
풀숲의 모퉁이 같다.

한여름 비구름 뭉쳐 있는 하늘 아래

내뱉지 못한 울화 한꺼번에 토하듯 아가리 벌려 혀 날
름거렸다.

한번 나갔던 길로 되돌아오는 오싹한 해후

쑤시고 결리던 혈사血蛇들이 어깨로 옮겨 왔다.

그 후로 다리를 벌리고 앉는 습관이 생겼다.


뱀의 허물 기둥에 가로걸려 있다.

어혈 풀어지듯 얼룩덜룩한 무늬 있는 옷 입고 몸 굽어 감
으면서 기어오르고 있는 승천昇天이다.


그리고 오늘 산책길에서 뱀을 보았다.

쪼그려 앉을 장소도 없고 오줌도 마렵지 않았지만 뱀을
다시 불러들이고 싶었다.

풀숲으로 휘어져 들어가는 뱀

문득, 내 속치마 자락이 흔들렸던 것도 같다.

                    —「뱀이 나갔다」 전문


장유정의 시가 지니고 있는 또 다른 미덕은 시적 대상을
관찰하여 발견하는 힘이다. 그가 포착한 장면은 시적 정황
과 국면으로 매우 인상적인데, 시적 사유의 힘을 강하게 느
낄 수 있다. 시 언어를 비롯하여 미의식을 포착하지 못한다
면 제대로 구현하기 힘든 것이다. 「뱀이 나갔다」의 시적 발

상은 "풀숲에 쪼그리고 앉아 오줌"을 누는 것에서 비롯된 것이다. 이와 같은 시적 상황에서 일반적인 시선이라면 오줌을 누는 상황 자체에 집중하기 쉽다. 그리고 그것을 기반으로 외적 상황을 제시하고 전개함으로써 시를 전개할 가능성이 크다. 하지만 장유정 시인은 외부가 아닌 내부로 시선을 돌린다. 그가 바라본 것은 "오줌" 자체이며 그것으로부터 "뱀" 이미지를 소환하고 수용하려고 한다.

내 "사타구니에서 구불거리며 빠져나간" 오줌은 뱀과 중첩되며 시인을 삶의 원형의 세계로 인도한다. 그리고 설화적 상상력인 뱀을 시인의 몸 안으로 불러들임으로써 그것이 우리의 삶과 한 몸이 되기를 희망한다. 이때 주목해야 하는 것은 시인의 인식과 사유가 외부가 아닌 내부를 지향한다는 점이다. 이 시에서의 혼종성은 내부와 외부를 오가며 교차하는 지점으로부터 비롯된다. 몸을 빠져나간 오줌을 다시 불러들이고 싶다는 건 외부 세계를 끌어안고 수용하고자 하는 시인의 의지이다. 시적 발상과 전개, 언어가 시인의 의지에 따라 치밀하게 조직된 작품인데 시적 정황을 이끄는 시인의 감각과 사유가 놀랍다. 이와 같은 시적 구조의 첨예함은 다음 작품에서도 찾을 수 있다.

몇 척의 배들이 강가에 매어 있었다. 하얗게 분칠한 의식이 한창이기도 해서 가까이 갈수록 맨 앞부터 내장 터지는 소리 같기도 하고 계단을 거슬러 오르면 장작 불꽃이 낮게 퍼졌다. 벌써 자리 잡은 죽음은 천근만근 비좁게 골목

길 뚫고 연기처럼 이어지고 있었다. 가지런히 누워 있는 배들, 방금 전 사내의 시신이 들것에 옮겨 도착했다. 오는 것은 순서가 있고 가는 것은 순서가 없다. 어쩌자고 차갑게 식은 죽음들은 모두 포개어질까, 뒤꿈치 근처를 중심으로 끈을 묶는데 아니다, 맨발들을 맨다는 말은 가당치 않다. 황토빛 분가루 먼지 되어 내내 따라왔다. 종소리 새벽길 재촉했다. 뼈와 뼈 사이 우리 두고 떠난 아무런 이유도 없이 모호한 시간들이 어슬렁거렸다. 납작하게 눌린 코에 물이 스몄다. 몸을 씻거나 꽃을 띄우거나 기도를 드리는 상류 여전히 어제의 사람들처럼 걸어간 맞춤 맞지 않은 신발들, 일일이 살펴야 하는 수십 개의 눈동자처럼 출렁거렸다. 헛되지 않게 강은 흐르고 벗어 놓고 간 몇 척의 배들 해가 천천히 솟아오르는 갠지스의 아침이었다.

—「신발들」 전문


적지 않은 시인들이 시의 소재로 사용한 인도 갠지스 지역의 장례 장면이다. 군더더기 없는 장면이 인상적인데 지배적 이미지와 정서를 담담하게 전개한 부분이 우리의 미의식을 자극한다. 죽음을 탐문하는 장유정 시인의 통찰은 압도적일 뿐만 아니라 우리가 이 시인에게 거는 기대에 부응한다. 혼종성의 언어와 세계는 그냥 나오는 것이 아니다. 시에 대한 본질을 충분히 내재한 상태라야 가능한 일이다. 그런 점에서 「신발들」이 보여 주는 죽음의 장면은 시적인 것이 무엇이냐는 본질적 물음에 대한 답이 될 수 있다. 미의식

위에서 펼쳐지는 죽음의 풍경은 그 자체로 삶에 대한 물음
에 답을 준다. 이때 죽음에 대한 더 이상의 말은 필요 없다.

몰락을 따라가다 보면 도시의 흔적이 있다
모든 모래의 밑에는 아직도 거대한 도시가 있을 것 같다
바람에 이동하는 거대한 지붕
창문을 달고 있는 팔작지붕의 경사면 같은 모래 산
물기 빠진 저녁이 밀려와 쌓여 있는 사막엔
발을 잡는 징후가 깊다

…(중략)…

발굴 팀은 한 도시를 출토했다
성곽처럼 굵은 골격을 가졌었던 바람의 길이 있었다
물이 버린 문명은 모래 산이 된다는 듯
발견된 도시에서는
돌촉의 파편 같은 뼈마디가 간신히 붙어 있었다

도시의 건조함이 모래를 불러왔을 것이다
밤이면 모래 속에서 걸어 나온 우물들이 축축한 거죽의
눈빛으로 껌벅일 것이다

　　　　　　　　　　　　　　　—「침몰하는 도시」 전문

장유정의 시는 문명 이후의 세계로까지 나아간다. 시집
전반에 자연물을 호명한 작품이 다수 등장하지만 이 시집

은 자연 서정에 대한 관습적 관심을 드러내지 않는다. 그런 것에 처음부터 관심이 없었다는 듯 장유정 시의 자연은 언제나 다른 세계와 연결되며 시적 외연을 확장한다. 그리고 그러한 혼종성은 몰락한, 문명 이후의 세계까지 수용하며 지평을 넓힌다. 문명 이후의 세계는 모든 것이 끝난 시공간이다. 그러나 시인은 그것이 끝이 아니라는 점을 말하고 싶어 한다.

장유정 시인에게 혼종성은 애초의 세계로 돌아가기 위한 방법론일지도 모른다. 몰락한 세계를 따라가면 그곳에 "도시의 흔적이" 있고, "물이 버린 문명"인 도시는 "모래 산"으로 남아 있다. 이것은 모든 것이 모래로부터 시작되어 모래가 되는, 처음과 끝이 끊임없이 순환하는 것에 대한 이야기다. 그러니까 시인에게 혼종성의 세계는 끝과 처음이 연결된다는 점에서 애초부터 다르지 않은 것이었으리라. 여러 지점을 횡단하는 시인의 상상력과 세계관은 애초의 세계라는 근원을 지향한다. 그리하여 시인이 만든 광범위한 시적 국면은 보다 본질적인 질문이 되어 삶과 세계가 무엇인지 탐문한다. 시인은 몰락과 모래의 세계가 끝이 아님을 인식하고 있다. 시인은 "모래 속에서 걸어 나온 우물들이 축축한 거죽의 눈빛으로 껌벅"이며 또 다른 세계를 만들어 낼 것임을 잘 알고 있다.